第一个
离别者

邬峭峰——著

文汇出版社

第一个离别者

林春岩油画

总之，操练吧

邬峭峰根据林春岩油画拼接

即便我的父亲，我和他同样是一次不期而遇的结识。

我愿向此生结识的所有人，表达我的恭敬。

自　序

写作者不自恋，其实并不多见。

有时候，他们对自己选用的一个句号，都会喜欢得不得了，而读者浏览的眼神，早已草草飞离此处。写作者要是认定自己并不异于庸常，他就真的写不下去。我几乎也是如此。

有时候，像在等候召唤，使状态变得蓬勃。说白了，就是让自恋变得理由充分。随后，灵感的折光才会珍贵地布射到心上，给神妙的文字连接和盘旋内心的意象带来助佑。瞬间，仿佛一切被盘活，某种力量开始不停泵动，供应着才华。写作有点像跳高，但需花很多力气来助跑。这个助跑忧心忡忡，耗损不少气血，它并不是为能量爆发蓄势，而是在求雨般祈求自信。当然，例外者一定是有的。

鼓励我出版本书的人，叫朱耀华，作家、文汇出版社首席编辑。我最敬重的，他是我的同龄人，仅长我十来天。1960年相连的两个月份，我们的两位妈妈在路上行走，都饱满地隆起着腹部，里面各装一枚未来的文学爱好者。我俩受同等同时同向的文化熏陶，当年，我在由修女宿舍改建的上海市重庆南路第一小学的课堂，诵读某篇课文时，耀华在足球名校虹口的广灵路第一小学，也煞有介事地做着一模一样的事情。他的左腿或右腿，是否在课桌下秘密而愉快地多动，不得而知，但我们使用的铅笔，极可能是同款的中华牌 HB。

前不久，在一次对饮中，耀华提议出版本书。如果我仍对他的诚意，以及他一贯的嘉许半信半疑，他完全可以动用一句旧时的流行语来翻脸：朋友，帮帮忙。

《新民晚报》的阎小娴老师，常不吝以醒目版位和超大篇幅刊出我的文字，这同样实实在在鼓励到了我。她对我的肯定，助我在中断三十多年写作后，很快找回一些感觉。这个文集中的大部分篇什，由小娴老师签发，在夜光杯的版面刊出过。平时交流中，作为编者的小娴老师和作为作者的我，总是互相鞠躬，那既是礼仪或谢忱，也是碰到了让彼此愉快的人时，会自然流露的姿态。到目前为止，我们的前额尚未误撞过一次。

京剧表演艺术家史依弘小姐、艺术家沈少民先生，及兄长般的老友周励和李宽鼎先生，他们长期以来对我的肯定，从未引起我的怀疑。或许，在他们的鼓动中存有部分溢美，若情况属实，请求别再外传了。谢谢。

《第一个离别者》，是我写的一篇叙事文字。主角，是第一个从我身边远去的挚友。他的离别告诉我，支撑个人编年史的，其实是一个个故人，有血有肉。他们淡出了，史页会变得只有记忆质感而缺失生命暖度。这催促我，赶紧将阅历外化为语言实体，好在文字描述的张力很大，它的档案感也别有光彩。由于《第一个离别者》地位特殊，就移用了它的标题，也是对故友的纪念。

从某种角度上说，这个集子也是一种长篇文体。

尽管一个个小桥段对应不同的姓名，但从阅历层面观照，文集重笔之下仅有一个人物，即生于公元1960年，具有年代样本意义的我。文集的时限横跨童少至花甲，记录了本人在原乡及海外一次次真切的精神吞咽和心灵嬗变，也附庸着一个男人在不同年岁对世相的关切。当关切的指向被形态化后，它已是个人的灵魂肌理，并关联着岁月褶皱。

在篇目排序上，文集没有顺着写作时间先后，而是以阅读的轻重、松紧、清浊等因素来酌定，旨在让秩序生出弹性和呼吸。

提供一本书，也是提供服务。它的第一基础项，就是创造差异，让人饶有兴味，而绝不甘于制作一沓无人翻阅的纸张。在耀华的帮助下，我还做了一些别的努力，盼望被读者发现并接纳。

2023年10月8日

目 录

父　亲

我有个弱项，害怕离别。

明知那种难过总会淡去，却依然害怕。四五岁时，和邻居家的客人，一个远道而来的小女孩告别后，居然会抑郁多日。这种路线，像是要往贾宝玉的格式里走了，倒又没有。

这么想来，就是怕离别，怕种种离别。

1967 年，随母亲在农村的干校过暑期，她要出差，只得放我独自过一周。这让七岁的我乐疯了，就为无人管束的自由七日。那是记忆中，唯一暖色调的离别。下面一次又不对头了，1970 年，在上海北站，送 69 届的兄长去黑龙江嫩江务农。整列火车、整个站台，一片哭泣。哥哥小学是五年制，北去列车的窗口，十六岁的他，露出半个脑袋，以两枚泪眼面向未知。那种离别，无论是他或家人都惴惴不安。置身群体唏嘘之中，我的伤心，已不是流几滴泪那么简单。

多年后，轮到我成主角。

1985 年，我将一人上路，出发去天山南麓工作，火车票是一段一段买过去的。当年的本埠居民，对新疆认识有限，不少人只知道那里有沙漠、水果、维吾尔族、建设兵团和开国上将王震。出发前一晚，我从住处特地去父母家道别，还和家人喝了酒。父亲作了几点嘱咐，并商定，不需要任何人送行，包括我父亲。

第二天，火车是清早六点多发车。我背负行囊，在"上海火车站"几个霓虹大字下，排队由室外走入室内时，瞥见父亲在几十米开外一个幽暗处，抽烟看着我。他吸口烟，脸部就被烟头带红一下。父亲的出现，让人不知所措。我没去呼应，不太情愿风萧萧兮的壮士感，一下被离别的愁肠缠绕。此外，我若向父亲跑去，他应该既巴不得，又很尴尬。我刚打算向他挥手道别，又突然决定径直朝里走，以回应他对约定的轻慢。走了几步，我还是回头去看了，他已被人流淹没。

列车呼啸向北，我在往事回溯。父亲性烈，说话永远动用最重的分量，每个无趣结局，都在意料之中。我从小不太愿和他交流，就为躲过难以抗击的语言压迫。待我的智力及骨骼逐渐成人化，唇间茸毛一如黑色战旗飘荡，父子开始形成各自的气场。毕竟有基因组纽带相缠，父子间的识破，相对不难。台面之上，子为尊卑有序而收敛，父因血亲之爱而宽宥。然而，父子这种男性关系里的对手感，注定要在血缘以外，搭建某种存在形式。至此，我们双方的出招，隐约像两个帮派的大佬，比以前要考究，以免被对方轻蔑。互动中，父子俩对彼此动作中有无高级感，还是有点数的。有趣的是，我和父亲的种种心照不宣，母亲未必一一察觉。

规避和父亲这类性格的男人对话，他完全明白其中的原因。

他刚烈于外，我执拗在内；硬碰硬的下场，是大家都留有撞痕。自我有记忆，父亲就强势。少年后，我向父亲的挑衅，始于假姿假眼的试探，伸缩灵活，步步为营。父亲年事渐高，暴烈的曲线是下滑的。

仰躺在列车中铺，眼前有一个画面。那是大学毕业后，我从家里搬出去住，要带走一只老旧的三人沙发。那只沙发死沉，我一上手似有不祥之感。我和父亲各抬一头，在托举上一辆皮卡的当口，在二十分之一秒之内，父亲和我的臂力都绷不住了。先松脱手的那个人，手脚会下意识联动，一跳而避过被砸。而后松手者，是力有不逮而不自觉滑脱，腿脚常来不及反应。当我们涨红脸都想顶住的那个刹那，沙发的一端，从我的手里脱离，接着便是父亲啊了一声，他托不住的那端沙发，砸中他的小腿。疼得他几乎就要破口大骂，但还是选择扑在沙发背上，以扛过最疼的那几秒，他硬是不出声，冷汗直冒。那年父亲五十多岁，还算壮实。相信，在那个二十分之一秒的顽强抬举而就快失手时，保护儿子的本能，让他比我多坚持了那么一瞬。我极为惭愧，盼望被砸到的是我，哪怕砸断我的筋骨。事后看，我应该手头颈肩并用，以殊死之心顶住。我的松懈，就因下意识中，对彼此的怜惜不如父亲坚决。这种事情，在父子之间，不会重复了。这个画面，再次串联起刚刚离别的场景，合着列车行进的节律，放大了伤感。

火车站的这个离别，在此后二十余年中，父子都没有再提起。

还有比时间的列车更快的吗？在它喧嚣的行进中，新生及凋谢高速轮替。如问，此生有什么值得欣慰的，就是把带我来人间的父母，亲手送还生之彼岸。仿若他们翻开了一册书，由我轻轻合上。这对大千世界无足轻重，对一个家庭而言，却有简白而完整之美。

父亲是患肺梗阻去世的，上午还极清醒，下午就走了，护士示意我上前。我托住父亲的下颏，让他的脸在告别尘世之际，定型周正。这有隐喻意味，像是父亲交由儿子来完成雕塑自己的最后一笔。我捂紧父亲的下颏，久久没有松手，感觉到一块肉体由温热变向冰凉。

童年，我睡在父亲身边，他喜欢用一条腿横跨我的身体压住我。我不明白他其中的乐趣，是他想借这个动作，获得男人拥有儿子的一种真切质感？还是他下意识里，想锁住父子必然的失离？此刻，是我和父亲身体的最后触碰。不再像幼时，以为父亲就是一匹马，会永远在你的视线里，让你骑在他的身上，无数次任意上下。

送别父亲，充满歉疚。那些因失度、自我、僵直、小器、不妥协，造成对父亲的损伤，已无法弥补。忽然明白，不要以为他是你父亲，他就那么容易消化你的不敬。恰恰相反，一个男人一生中最在乎的，很可能就是自己儿子的评判，包括那些散见于日常的、以态度为语言的评判。成年男人在受到批评时，常会反过来贬低对方，以寻获平衡。但是，他们唯独不舍得，将这一手段用在自己儿子头上。

为一枚别在生命胸口的徽章。你的一生，像是充满强行的一生。你的强行，是用狂欢主题来涂抹生命的每个细节。你对岁月的操控，表面看常有疯狂，其实充满素朴的胆量和率真的合理。和你比，很多人一世的精明算计，如尘埃如齑粉一样空无意义，而你却始终在欢乐中使用着时间。你用貌似天真的笑颜，让很多鬼祟的人，活成了像被自己处决的囚犯，尽管早亡的似乎是你。你一生的快乐，是常人的五倍。

我们的乒乓比赛，开始的前三天，我几乎赢不到一盘。你的发球妖异、极转而又反常，我输得很难看。但我最终还是摸索出了克敌方案，瓦解了你的旋转。这等于让你丧失了60%的赢面，你我之间的冠亚之争，从此不再有悬念。你有点崩溃，仍做了一些努力之后，就不再叫嚣。

你从悉尼去香港办事，我仍留住你家。奇怪，你一走，就常能听到火车在远处开过的声音。我需要一笔钱，你从香港来电，说，衣橱里有五件叠在一起的白衬衣，在第三和第四件之间，有一沓澳币，你全拿走，一张也别剩。过了不短的一段时间，我在深圳归还你这笔钱时，在上面加了一只手表。你什么也没说，就把这只表戴在腕上，一直戴到二十多年后的那天，那天你已不再需要关心时间了。

此时此刻，我非常想念你。我们往来的每个画面，让我心旌颤抖。真希望我们再次回到 North Strathfield 那个客厅，再比赛一次五局三胜，21 分或 11 分制，由你决定。我又开始吃你的发球，让你得意洋洋地觉得，你才是永恒的王者。我相信，我能做得不留痕迹，甚至骗过我自己。发球吧，大宝。

有个机会，我本应从上海前往深圳去看望你。事实上，那也将成为一次阴阳两界的送行。我没有去，因为我内心不情愿承认，你只余下这么少的鲜活日子，仿佛我延宕了见面，就能加长你的寿数。我今天如此告白，看上去像一个撒谎者那样无耻。相信只有你能明白，你我之间无论如何，都不需要搪塞和解释。

你是一匹疯马，穿过了我的日子。你的生动，将依附于我的存在而存在。想起你，就想起了温暖。

明天是你的生日，大宝，生日快乐。

汤 姆

汤姆，是一只加菲猫，十一岁，蓝灰色，英短与波斯猫混血。它是朋友志君家的猫，老是心事重重，一副临近高考的样子。我见过它七八次是有的，从来没听到它叫过，它的声音是个谜。多次，男男女女的访客，或蹲或站，围着汤姆学猫叫，蹩脚的多声部重唱似的，大家盼望带出汤姆的节奏，它也能喵地跟进一声。这是不可能的，汤姆身上，有着艺术家一样的逆反品性，一般的招数，以及趣味和想象力都有限的行为，还是以帮帮忙为主吧。

此外，汤姆对讨好和夸赞，也有些看淡，概不以同等温度回应。它似乎有本事辨识，哪种人是实实惠惠的，汤姆对外人亲疏的尺度，偏苛刻，无法揣测。

汤姆行走时，永远垂着头，似乎要去解决数件烦心事，这些事和你们人类无关，现在没有心情和你们耍玩。

汤姆专注于自己的世界，但你还是能发现，它时刻在耳听八方，灵敏和细腻，是一流的。只是，它不像它的同胞那么一惊一乍。它对外界的反应，一律不在神色上同步流露，心机有点阴森的。

汤姆身上有种克制，几近于端着。比如，它绝不会暗示你动手宠幸它。即便它再接受你，它主动趴在你边上时，也总是趴在你伸臂够不着它的距离处。它不是来求亲昵、求撸摸的，它怕你想当然，也不想糊里糊涂就欠了你什么。

这让我想起我的一些同学和朋友，他们在某些做派上，竟然和汤姆如此不约而同。他们坚决不允许在饭局结束后，让个别人替大家买单，他们坚决要求执行 AA 制。表面上看，是恪守公平，你再细究，还有另一种味道，就是绝不欠情于人，尤其是不欠他们不以为然的那类人。他们可能以为，欠情是很下风的，这是沪上老派的面子观。有时候，成全个别人为大家买一次单，那种集体默契的高级感，那种对某个人内心的鼓动，其价值不逊于所谓的公平。更何况，有些人的境遇，是后来转好赶上来的，他们想给大家买次单，是极用心的，那真是该让人家去买一次单的。

再说汤姆吧，它不愿欠你，你情不自禁要摸摸它，就变成它在成全你了。抚摸结束，它不多待一秒，两不相欠似的，它倒像一个被按摩完的客人，一翻身就下床了。不仅如此，汤姆的神态里，好像已经给过你小费了。在精神上，它不肯让你占优，不肯让你觉得自己比它更贵气。汤姆对较劲，还是有点热衷的。

你还会发现，汤姆有着看透不说透的老到。淡淡的假姿假眼里，又配有一些不协调的忧心。很可能，它是一只看得懂人类，却不明白自己的猫。所以，沉默对于汤姆，就变得特别合适，能大幅降低露怯。

一只猫，不追求妩媚，不在乎宠溺，不降尊纡贵，不贪图口福，不打扰他人，只是对恪守尊严和表演神秘有一点点偏好。动物和动物之间，我和汤姆之间，尽管大家无法交流彼此的心事，但体味到汤姆的不少好品质，这还是激励到我的。

在志君家，看到过一张小猫的照片。志君说，这是汤姆的儿子。见毛色灰白相间，我问，汤姆的情侣是只白猫？答，是的，都是三年前的事了。志君的语气，略有伤逝余味，他没有展开，我也就不再追问。感觉上，汤姆像有过一段结局暗淡的情感经历。汤姆虽不声不响，故事还是有的。

隔一段时间，会去一次志君家，偶尔也会间隔多年。志君家很静，背景音乐一般会是小提琴，你想不到在这里生活着一位杰出的化学发明家。进门后，第一眼没见到汤姆，其实人家早就知道你来了，也早就认出了你是谁。一般要在你坐了好半天以后，对它的牵挂已经很浓烈的时候，汤姆贴着墙角慢慢过来了，你若不唤住它，它的本次走动，像是一趟和你无关的例行公干。我觉得，能看懂汤姆，你起码能看懂 66% 的人。

一位常辅导我怎样做人的陆姓老友，曾不容置喙地对我说：人家的女人、人家的老人和小人，你一定不要轻易去评价，不要。

我想问这位老朋友，那么，人家的一只猫呢？

带鱼 1968

1968 年，我上小学二年级。

那些年没有升学压力，但冬夏两季，实在难挨。数九寒日，女同学做功课时，多戴半截式针织手套，书写页下面有块硬塑垫板。她们的字迹，让满是冻疮的红胖手指一陪衬，就纷纷娟秀了。那时上海女孩的手，接触刺骨冷水的机会，比男孩要多些。

隆冬，向外推开家门，空气冷得锐利。我们虽佝头缩颈，嘴角还是被风吹得上火皲裂渗血；刚结了痂，一张嘴，又绷破。户外，建筑立面的凸处和落水管上，冰凌垂挂。砰的，有男同学在结冰的路面滑倒，口袋里迸出房门钥匙、毛主席像章、分币、弹子、橄榄核、豆腐格子、香烟牌子、红枣、葱油咸味硬糖，五花八门撒满一地。

身体热了，蚌壳棉鞋里，生有冻疮的脚趾及后跟，奇痒。多次，我干脆坐定，一直挠，挠到皮破血出，反成一顿爽快。

童少时代，周日凌晨会去买菜，那是向家长争取来的。暗中设有目标，想把超宽的带鱼，令人瞠目地摆上饭桌，抖露一下能耐。

那些年，带鱼、黄鱼、鲳鱼及乌贼鱼等海产品，供应量并不小，但若想买到高品质的，就得比拼谁更早去排队。一开秤，水产档口，会先卖完极少量的超标带鱼。当时上海菜场标宽带鱼，每市斤售价三毛一分。再宽一档，就算超标，卖三毛五分一斤，肉板宽厚，哥萨克骑兵的马刀一样锃亮挺拔。看着，不会让人想起海之苍茫，只会想到肉质Q弹。上海人嘴上，常要讲个鲜字；广东人则喜欢用甜来称赞食物。那个甜，不是指糖分，而是形容更高级的复合口舌之美。一个鲜，一个甜，把两地人的馋佬相，素描了出来。

祖母喜欢将切段的带鱼，先浸没于红酱油及多味佐料中腌渍，再中油慢煎。喷香的烟气，让整栋楼都不得太平，其中也不乏厌恶者。如果食材新鲜，清蒸应是首选，祖母不是不懂。家里人多，兼顾下饭煞口，才是要义。

当年的菜场，早上五点半开秤。

冬季，四点多，黑而静。上海家庭那时几乎都没取暖设备，室内温度，摄氏零度左右。闹钟，在一个七八岁孩子的耳畔，不顾死活地响了，我伸去掐断铃声的那截手臂，冒着氤氲热气。这一刻，懊恼至极。也就过了一分钟，嘴里丝丝地叫着，我还是将脂肪欠丰的身体，从热烘烘的沉重被窝里抽出。唯恐吵醒家人，不敢弄响一切，贼一般开门出门，还老妪似的挽个篮子。一抬头，哎呀，满天繁星。

只为了扎一点点台型，一个孩子竟可以悖逆天性，把一己控制得如此自律。

居然，是最后那条超宽的带鱼，被扔进我的篮里，让我心如花开。步出鱼档，有位套着黑色橡胶围单的妇人，像是正候着我，并说，可以帮我把带鱼收拾干净。她小弟小弟地唤着我，恳切而不卑不亢。确实想拒绝，我很明白，那条超标带鱼的气势和卖相，经一刮一剪，要平庸下去不少。妇人的眼神，自自然然落在我的脸上，并无压迫和拖拽，这反而叫我无力让她失望。我顺着她，走到她刮鱼鳞的摊位。那里支着一块案板，抹得整洁，鱼腥有限。案板一端，并排挂着两只很大的马口铁空罐。一个装剪下的鱼类边角，卖给豢猫人家；一个积着刮下的鱼鳞，也未知如何变现。妇人手势利落，全程依着一把剪刀，像是玩耍一般。我站在那里，只听见剪刀叮叮作响，囫囵之中，领受到妇人极不普通的气场。最后，她舀水冲净一切，用一块白纱布擦了一遍鱼身，又拉过几股稻草，在带鱼的中段系紧，打了一个活结，嘱我拎好。这样既不脏了鱼，也不腥了旁物。临走，我很探索地看了她一眼，没有能力发现什么；但那张脸，永不再忘。

拎着沉沉的带鱼，离开人声鼎沸的菜场，我始终在假意忽略路人的羡慕，不时擤着清水鼻涕，把踌躇满志暗暗藏好。

七点不到，心跳加快，踏入家门，即将迎来夸赞。室内极温暖，窗玻璃上满是雾水，空气略感混浊。父母尚未起床，父亲极给面子地，从被窝里抬起头，朝带鱼的方向大致看了一眼，说，"嗯，不错。"父亲的敷衍，五十年后想起，才告识破。当时的得意，晕了我很久，即便双手早冻成胡萝卜的模样。

我对带鱼的钟爱，几十年未改。如今，已没有刮鱼鳞这个行当了。一直没弄明白，当年刮下的鱼鳞，究竟作何用途？

还有件事，值得玩味。一位同是中学77届的同学，当年公派留欧，学成回国，事业杰出，地位醒目。同学聚会，他一般无暇出席。仅有一次，班主任八十大寿，在晚宴结束前，他匆忙赶到，和老同学略事寒暄，就护送耄耋之年的老师回家了。这些还算平顺，只是，多人在多个场合告诉我，这位佼佼者的母亲，当年是在菜场刮鱼鳞的。

我能明白，把一个有成就的人，与他刮鱼鳞的母亲对接，大概要导出哪几种等式。我也能明白，捞起这个旧事时，人们无外乎会有哪几款心理。此处，将这些个花头，不一一说透，似更相宜。

有朋友说，现代香港，各类事业翘楚，都巴望人们知道他的出身卑微，越卑微越好。他们认为，独立奋斗，才是更体面的。而有些本埠人士的内心，一是对贵胄的仰望，角度之大，和早年比，似变化有限。二是以为低视草根，或能垫高自己。

成年后，对美酒佳肴有了点见识，但还是想念祖母做的带鱼。

起锅后，颜色近黑，那是余炸中糖和红酱油的因素，祖母不追求肉质完全酥化。烹制时，某些人在灶边，酷似文明观摩。祖母的手势里，会故意玩点延宕，偏不在你性急时下手捞起。眼看戏就要过，鱼块又早已在祖母的漏勺里滋滋作响。祖母心领神会地夹一小块放在一旁，未等凉了，已在我手上，烫得在两手间跳。慌慌咬一口，眼睛就闭了起来。还有什么，能比用手抓着吃刚出锅的带鱼，更妙的呢?

那条超标带鱼，在我个人的编年史里，游弋了五十多年。

谢谢它。

他叫老太婆

阿赵，是我中学同学，当年绰号"老太婆"，出处失忆。十年前，我踝骨骨折，他多次为我送餐调养。豚骨煲汤、清炖甲鱼、黑皮馄饨，不一而足。上世纪六七十年代，家家户户都食用的那种粗加工的原色面粉，也叫黑面粉，今天已是怀旧食品。阿赵包个馄饨，也绝不将就，专门骑车去顺昌路一家偏门小店，买来黑馄饨皮，以增特色。

这个老兄弟，为人重情义，做事也认真；但几十年来，又是一个不屈不挠和我冷战、缠斗的主。借用黑面粉时代的方言俗语形容他，叫老卵及格。就说近几年吧，我俩语言斗殴七八次，不理不睬五六回，且至今仍在延续。在各类计较中，他尽失了大亨后裔的雍容，我更不见了走南闯北的大度。都已年过退休，在各种场地，包括微信群组，双方一碰，便仿若为糖纸头而龃龉不休的两只城市女童，想想令人羞耻。当然，言归于好，一般也不出十天，作为兄弟，双方又深知彼此不可或缺。即便如此，不用太久，事端又会再起，胃口真好。

我不明白，上海话为何把难缠的行为，形容成"潮叽叽"，沪语潮和赵的发音是一样的。所以，互相搓来搓去的时候，我曾讥他为"赵叽叽",此言一出,引来幸灾乐祸者的大肆喝彩。我俩立即警觉到,不能让人白白看了戏,我们毕竟不是郭德纲和于老板。随即,两只原本跃起的六十岁的血脉偾张的斗鸡,平稳着地,各回各家,笑听身后传来失望的嘘声,只留刚才厮打中落下的几片羽毛,在那里跳跳飞飞。

我们就读的中学,那届有十二个班,共有学生 600 名左右。要说性格复杂,阿赵不排第一,也进前三。

我曾经听他谈起过父母婚约的缔结。当年在沪上八仙桥一带,有位一言九鼎的女大亨,人称大阿姐,黄金荣认她做干妹。大阿姐很喜欢秀外慧中的赵母,就做主把赵母许配给了大亨之子赵父,两位后生服服帖帖入了洞房。这次撮合,八仙桥大阿姐还是做了好事的。赵父一生坎坷不尽,赵母一路相随无悔。阿赵既有母亲禀赋中的薄己厚人,又有父亲天性中的目空一切。他性格构成上的相生相克,常暗自耗损了他的不少气血。给骨折期间的我以悉心照顾的,背后是他母系遗传的恩拂,而平时我俩鸡斗不停,多半是他父亲的魔性在发力。

多年前,我母亲去世,大殓前,阿赵送来帛金,我觉得白色信封似乎有点厚了。

我说:老太婆,别这样吧。

他说:朋友,你搞什么搞?那年,我妈妈走的时候,你给我的就是这个数。

我又说了一遍:真的,别这样。

他有点急了：册那，别搞好哦？

阿赵这人，就怕别人对他好。平时，他也接受你的帮忙，你为他做过的所有，他嘴上一字不提，点点滴滴全都有数，心心念念等着回报的机会，此为最经典的老上海风范。当然，你也别得罪他，他一定放大两倍，记恨在心。八仙桥的后裔，让人吃酸。

记得，在我们高考之前，阿赵就跳级参加了大学77级的招生考试，并一举杀入录取分数线，也就是说，他本来可能是大学77级的一名文科生，而我们这些他的中学同学，最多是78级大学生，成了他的大学学弟。遗憾的是，家庭成分拖累了他，那一次跳级未遂。半年后，他再次参加高考的第一天，又因病晕倒考场。他脸色碧绿，还没摸到试卷，就像一棵软软绵绵的菠菜一样，被搬上了担架，他还试图很人物地笑上一笑，结果笑得无比难看，也无比难解。考生们本来就紧张，都自顾急急涌往座席，没有人关注阿赵的笑或不笑，甚至没有人关注他被抬离了考区。一年之内，阿赵对超越同辈的辉煌妙景，憧憬了两次，但一瞬之间，他再次朝目标逆行而去。那种无奈，我全都看在眼里，只有心疼。他从此终生与大学无缘。

骄傲的阿赵，初尝跌落在社会下风口的苦涩，少年时代的光明气质日渐弱化，以后又遭遇了一些不顺，把他挤压得对尊严极度敏感，自大或自小分分钟互换，变得不太好相处起来。

一个人，从未有过绝交记录，或老是在和人绝交，都是奇怪的。从 1974 年到 2020 年,快有半个世纪了,我和阿赵之间未有大原则的恶性冲撞,但也数度聚散,几近不再来往,令人欣慰的是,我俩终未拗断。我想,假如在交往中,我能再多多示弱,我和阿赵的知己之深,或还能有新的刻度。坦白说,阿赵看我时,确实有一点两点的欣赏,但也偶有藐视,这也是有道理的。他喜欢和能者为伍,又希望在被需要中获得存在感。他从来不计较为你付出,但极端不容许被你轻慢。如果自少年以来,阿赵能够一路顺风顺水,或许他的磊落和大度,远在我之上。这里,让我想起一位法国人的几句话:

不要走在我后面,
因为我可能不会引路。
不要走在我前面,
因为我可能不会跟随。
请走在我的身边,
做我的朋友。

这位在我和阿赵出生那年去世的法国人,教我摆正了我和阿赵相处的关系和位置。

阿赵曾说过一件事。那年,他所居住的巨鹿路同福里启动动迁,和父母一起住的阿赵,开始物色用以过渡的出租房。阿赵在思南路找到了一个合适的居处,但他十分犹豫,因为这是原上海市第一看守所的旧址。六十年代,他父亲曾经在里面坐过一年多的冤狱。阿赵试探性地问父亲，一家人暂住此处是否合适？父亲说，儿子啊，没事。就算我天天在这里走出走进，不再关押我的房子，就不是我的班房。后来，阿赵和父母在这里平静地居住了几年。

即便我和阿赵都已不年轻，但我们离他父亲八十高龄时那种放得下的做派，还是有距离。尤其阿赵，悲天悯人，像是已经成为他的一部分。前几天，我向阿赵索要一张近照，他一贯对皮相满不在乎，就胡乱给了我一张。照片上的他，比实际年龄大了一二十岁，显得很憔悴、很油腻。为这张看上去像囚徒的照片，我和阿赵有了下面一段微信对话：

我：请问老爷叔，你吃了几年官司？

阿：60 年。

我：什么罪名？

阿：投错胎。

我：哪个机关判的？

阿：老天爷。

我：发克。

阿：you。

第一个离别者

在悉尼西南的乔治河边，联邦警察发现了他的车。

他离别的方式，诡谲而宿命。假如，他只能永远用一张三十七岁的脸傻傻而笑，我只能含泪接纳，并绝不犹疑地，为我们的相识鼓掌。

从中国大陆来悉尼的阿东，是不知疲倦的。他紧盯着一种人，就是从大陆来澳洲后发迹的名流。阿东在华文报章刊发的文字，专事揭短、再揭短。他的走红，势不可挡。在悉尼中国留学生心中，他又像一名戴着面罩、手持火焰喷射器的战神，容不得藏污纳垢。他为谁为何而战呢？无人能够回答。人们难免会想象，面具卸下，他应该有一张刚毅果决的脸？他的脸部皮肤过敏，状态流畅时，还勉强光洁；急火攻心或调子一乱，他的脸上就不太平了。所以，别后又见，看脸即可，不用去问他 How are you going?

1988 年以后，来自中国的青年男女，在这块从大洋中鼓凸而出的土地上密集登陆，眨眼就达到四万名。和善的澳大利亚人，把这批带着方便面和电饭煲的后生，统称为中国留学生，尽管其中以求学为目的的，或不足 5%。这批越洋者的旅行箱里，除了食品药品和生活用具，连社交礼物诸如檀香扇等，几乎人人必配，如果他们是去非洲，就会再增加一样风油精。他们真像一营婆婆妈妈的业余排雷工兵，忐忑地走进了异国阵地。

那个年头，国人还没有摆脱对皮制品的敬重。成千上万的人穿用一种品牌，也就发生在那一两年里。赴澳者不分男女，是集体穿着当年流行大陆的狼牌运动鞋入境的。这种白色皮面运动鞋，再加上人肩一只牛仔布双肩包，只需两三人以上叠在一框，就会因序列和雷同，生出极古怪的有组织化。好在，英格兰后裔们不算尖刻，他们关注自己，要超过关注别人。在此集结的中国人身上，本该让他们看不懂的地方很多，但他们根本就没有去看。

那些质地不错的运动鞋，后来被劳动环境和无心洗涤，双重污染了。几十年过去，人们在这群当初的狼牌使用者身上，没有读到狼性，他们埋头苦干的群体特征，更接近于对耕牛的模仿。他们以持之以恒的超负荷劳作，及不声不响的财富积累，在日后某一刻，突然让旁人惊诧于他们的整体性富庶。他们生产的第二代，踏入澳洲超一流高等学府及专业，已经比比皆是。这批现代中国人的香火，将在澳洲口碑良好地传继，似不容置疑。

这四万忧心忡忡的男女，最初融入当地华裔族群十分困难。早一步来自香港的移民，看待这批同胞后生，真的很像大陆北上广深居民看待豫皖川陕打工妹。较早来澳洲的不少中国留学生，相当比例已是地下工作者式的非法居民了。他们向朋友问个好，都要先警惕地观察一下四周。这个远道而来的群体，每个人都戛然截止了履历的既定走向，仿佛个个都要出演一个从底层向上攀爬的励志角色。回望三十多年，厚道的澳大利亚人，起码赋予了这批他国青年以公平和尊重。这些宝贵的给予，超越了这批赌命青年当初的预期。

我，也是一个狼牌运动鞋的使用者。我可以把初抵澳洲几个月的内心嬗变，浓缩于一个短小例子来呈现。我没有上过一天语言学校的课，这取决于我不喜欢做两难的事情。老老实实读语言学校，就没有时间打工挣钱，最后连学费都无来源，也就意味着失去签证。

来澳不久，我在悉尼南部 Kinsgrove 一个通风管厂当起了钣金工。有一天，在下班回家的列车上，发现座位上无人认领的一袋新鲜面包，我只纠结了一秒钟，就把面包拿过来扔进了自己的挎包。在这个举动里，我要传达的是，那时我对物质的态度，与温饱无关。记得当年在母校食堂吃饭，有位和我一样直接从中学考入大学的同学，将一块较肥的走油肉，砰地扔到饭桌上，一位比他年长十二岁的老三届同学，说了声"啊呀，那么好的肉不吃啊"，随即从桌面上，将肉夹进了自己的搪瓷碗里。当时十八岁的我，看着有点发懵。没想到来澳洲不到两个月，我就速成为那位吃肉的年长同学了。

在拿了那只面包一分钟以后，随着火车的颠动，我瞌睡了。总觉有目光在撩我。睁开眼，发现一双很美的眼睛在看我。她是我当年所读中学高我一届的一位很美的同学。没有表白同在天涯的百感交集，她就劈面来了一句：就是打工，也应该穿得干净一点的！可见列车上的我，有多邋遢。这位陈姓佳丽后来嫁了西人。她的这句话，对我一直有非常正面的意义。

在这批留学生中，起码有55%，最初是以傻笑开始和澳洲人对话的。在市中心通往车站的一个路口，常有当地土著人向亚裔学生索钱。一些英文极差的年长同胞，只能用国内采购员的江湖套路去应对。一边掏出纸烟递过去，一边用只有他们自己明白的英语说着"西格来、西格来"。土著们没要到钱，拿过烟，将信将疑地看着，很不理解这是什么意思。等到以后再碰到"西格来、西格来"时，土著们使劲摇晃着一根手指，严正声明：no cigarette. money！money！香烟这个单词的发音，在这些土著人嘴里，也差不多快有"西格来"的中国味道。宽容的澳洲，因为我们的到来，多了一些波澜，而对于华人社区，早已热闹非凡。在这样的背景下，我在悉尼结识了1959年出生的阿东。

出国前，阿东写作上段位很高。初到悉尼，阿东看似在舞台边角游荡，实则鹰眼暗睁。没有多久，阿东一举跳上擂台，个子瘦小，却光芒四射。他的大小檄文像砖头一样，砸向旅澳的各色大陆籍风云人物。或揭短或质问或长篇追踪，一次次捅出了令人尖叫的丑陋真相。当然，被阿东误伤的，可能也是有的。他似乎只求一个很炸的亮相，从不计后果。由此，阿东饱受大陆留学生的追捧。蓬头垢面、累断老腰的打工者们，从阿东笔下发现了同胞中混得极体面的主，被污名后的狼狈，并从他人的发迹破绽中，发现了自己作为小人物的美妙。

我和阿东的认识，缘于华文报界的一起争端。素昧平生的阿东已经是著名的行业中人，他受人之托从中调解。一个电话过来，开口便说："老哥，他妈的，那件事就算了吧？"那件事也就算了，但我和阿东从此走动起来。

我第一次受邀去他家时，发现了多个叫我目瞪口呆的内容。他哗啦打开两个站立不稳的衣柜，里面露出不少于20套簇新的意大利品牌西服，他手一挥说："随便挑。"那些货色的来历，分明极不正道，即便是代人销赃，也没见过谁在一个初识的朋友面前，就这么放肆。阿东全然不顾我的道德高低，更不管我昨天还拜读过他的凛然新作。阿东无羁的赤裸裸，让我猝不及防。他是要告诉我，他本人在悉尼地界混得很深？那他应该先毙掉了自己，再去审东判西啊。他究竟具备多少重人格呢？还是他想一次性就和我建立超高级别的互信？我在这边还没缓过神来，那边已走来一对母女。女儿六七岁，伶俐活泼，如一朵雨后之花；母亲面含愁容，笑得持重。阿东说，这是自己老友的妻女。他只有把她们接来照顾，别无选择。他的老友上月生癌死了，发克！

惊讶接着惊讶。我从阿东家出来，有点晕乎，我好像是翻着跟斗进去，又翻着跟斗出来似的。此后，我和阿东过从甚密，但不问私事。有一次，我在去他家的途中开车超速，阿东见到我后，不容商量，径直从我口袋里夺过罚单，转身又和其他人大谈悉尼华人的趣事，并哈哈大笑。他从路边捡回的一只叫Luck的病狗，似呆非呆地望着我们。阿东指着它说：他妈的，真的，谁一弱，我就软了。

阿东有个毛病，极不守时。约他饮茶，说好十点半见，他会在一点半后才出现。我和他翻脸两次，他一脸尴尬，并有所收敛。所以，只要在理，你真横下来，他是服软的，内心也是讲理的。阿东失联后，我为曾经跟他翻过脸而懊悔，一直。

阿东还是出事了，他在一篇整版的长篇采访稿中，无意间披露了一位意大利裔澳洲重量级国会议员，曾在洗手间接受某中国留学生团体的现金贿赂。那份刊有阿东采访文章的周报刚上架发行，怒斥中国留学生过河拆桥的声音，就咆哮而来。报社第一时间发出了因植字原因，造成内容有误的道歉声明，但传真机上哒哒哒哒不停作响，传来的全是一只只手画的拳头，直到整卷传真纸用尽。等阿东醒悟过来，黑白两道的身影早已从天而至。老练的意大利裔议员，立即在报上刊登声明，宣布自动停职，并接受联邦警察的调查。阿东不敢回Dulwich Hill的家，尽管，作为最直接证据的采访录音磁带，已经无故失踪。

半夜三点，我接到阿东的电话，让我去Canterbury某个废弃的加油站碰面，想紧急商量一下如何应对联邦警察的介入及黑道的威胁。我驱车抵达，熄灯等待，一片死静，煞有一些惊悚影视的感觉。十分钟后，见一黑影佝偻着小跑而来，正是阿东。他上了副驾驶座，迅速脱下外套，垫在自己的屁股下面。

原来，本已惊魂未定的阿东，偏在这个时候，被恶作剧的夜行少年投中了多枚鸡蛋。他说，丢，不少于十枚鸡蛋从空中飞来，其中有五枚命中。都这种时候了，他在瞬间的统计手段，仍不失老练。蛋壳和蛋液，在他脸上身上扭捏而下，腥气飞扬。阿东在魂飞魄散之际，还能想到不污秽我的车椅，难为他了。我俩都明白，联邦警察就在我们的不远处。

第二天，警察还是找到了他，带他去住所搜查后，又经过二十多个小时的盘问，把他放了。"兄弟，你知道警察在我家带走多少件东西吗？七十二件哪！"阿东在我面前说出这个数字时，脸上已经没有蛋壳和蛋液，有的是一种已经克制后的神采飞扬。

记得，在 Ashfield 殡仪馆，我和阿东一起出席过一个朋友的葬礼。阿东被邀致词，他指着老友的遗容对大家说："这哥们，我多少次劝他不要那么搏命、不要那么搏命。丢，现在好了，他在这里一动不动了。"说完，阿东古怪地笑了笑，他的笑容里有一股寒气。他好像还要说一句的，又不说了，走了下来。

有一次，就我和阿东两人在他家喝酒。八十年代末，悉尼华人小杂货店能买到的中国白酒，一种叫天津高粱，一种叫玫瑰露。阿东不善饮，但为我准备了天津高粱。喝了大半瓶，我有点亢奋，对阿东说："给你排了一排，生活里，你最看重的五件事，排序是这样的。第一是牛逼，也就是显摆、表演。其次是朋友，接着是女人、金钱、生存。"他说："Bullshit，你才是呢！"为什么我能记得那么具体呢，因为他捡来的那条狗，每当听到阿东嘴里蹦出英文单词，就会很生气地大叫一声两声，那条神情总显得很沮丧的公犬，是不是在记恨说英文的前主呢？天知道。

我想，阿东从不认为他会连生存的机会都没有。而事实呢，他嬉皮笑脸地，突然就从我们面前彻底消失了。他消失了几十年，我们心痛了几十年。阿东和他的一位学数学的女友，分分合合多少次，我和另一位朋友帮助他搬家就有多少次。我们真的愿意，一直为他搬来搬去。

凡阿东的朋友，无不希望他能活着，哪怕一直出着各种洋相活着，也好过把他从我们的日子里拿走。

1996 年，有朋友告诉我，在阿东失踪前夕，在 Chinatown，他曾亲眼看见阿东在一位熟悉的女子面前，揭开自己的挎包，他像吓唬小孩一样对那女子说："喂，白粉要吗？"人家花容失色，他却得意洋洋。我觉得，那个时候，阿东基本上已经出事了，他的控制系统已经出事了。在有关阿东失联的多种版本里，有一种，是这样描述的：阿东是在一次毒品交易中，被中东或意大利裔接货人，用手枪柄砸晕后，塞进汽车后备厢的。警方寻找了他一阵，也就不再找了。也有人说，在巴西或南非见到过他，他作为警方的污点证人，他已经永远不能再返回澳洲。关于阿东的所有说法，没见到过任何一件证据，这也就是二十六年过去，依然有人等着他归来的理由。

如今，我们这些阿东的老兄弟，偶尔经过悉尼的乔治河，就会黯然神伤。阿东的车，当年被警方发现并拖走时，已经弃于河畔十天。

有位犹太老人说："对于只有一把锤子的人来说，他遇见的每样东西，看起来都像一颗钉子。"

兄弟，这是在说你吗？请回答我。

茅总的宴请

茅总，三十多年的老友。

我俩交情已到十分随意的状态。比如，1996 年初夏，我俩在上海华山路的希尔顿酒店，看完朋友的画展，推开旋转门走出来，打扮似北洋大帅的门童，卖力地把我们送进出租车。茅总，这位甫到的异域绅士，掏出两个一元硬币，让我从车窗里向外递给门童。我脸一臭，把两枚硬币扔还茅总，说，朋友，帮帮忙好哦。

平生第一次碰到钱都送不出去的茅总，立即意识到自己离乡背井近十年，对故国百态，已形同陌路了。

我和茅总间的揶揄，常操弄到惊险的地步，又一律会在翻脸前止步。我以这样那样的方式写他，已经多次。我当然会有一些恶作剧，甚至有一点点卖弄，企图把他写得怪诞而真实。我不很喜欢夸张，但茅总身上确实时有夸张的调调，包括他身上的很多谐谑性，都不是我的笔触附加的。他的生动、好玩和另类，叫我技痒难忍。我知道茅总的私事不少，大多是他主动和我分享的，我很难不受他预设的叙事角度影响，并自动导出某种为他增辉的判断。偶尔，我会有失分寸，不慎让茅总走光，但他总能克制。我曾写了他的一件轶闻，此事并非直接来自茅总的分享，事关他和前女友剧烈争吵的一个画面，严重性不大不小。可能形象丑狠了，竟让茅总这样拿得起放得下的大胸怀男主，有点绷不住。"格巴姆的"，这句粗口，大概率要在他心里骂一骂。出来澄清时，茅总说，某人笔下的他，是哈哈镜里的他。茅总间接否定了那个情节的真实性，倒也没责备我。他的应急处理，具有专业水准。会有人问，那次你到底写了点什么。情节很简单，茅总和前女友吵架，前女友要夺门而出。茅总奋力阻拦未果，就拿起一个石头烟缸砸向自己的脑门，血流如注，但他的拦截是成功的。

茅总这款人杰，生活里和文字里，均不多见。茅总的大度，常令人猝不及防，这也是我敢披露某些内容的前提。

多年前，茅总说过，他厌恶在公众场合大声说话的人。我说，出国前，你就厌恶了吗？他说，不，出国前，我就是在公众场合大声说话的人，后来才意识到那有多不好。

一般人看不懂茅总，他留着长发，打扮成偎傥的肖邦。他喜欢穿超长的尖头皮鞋，那原是斯诺克球手的装备。近年，他的业务主要在中国，作为建筑设计事务所的东主，他又常去多所礼仪学校演讲。他装有两枚心脏支架，但一天两包黄鹤楼不减。六十多岁后，才开始练习如何煮熟方便面和熨平衬衣及领带。长期以来，从不体育，身材却始终保持紧致。

三十年前，我和茅总都在悉尼。有一次他女友生日，茅总正式地通知了十余人，去他家参加生日派对。

茅总籍贯上海，生在武汉。当晚，要和女友联袂推出一道湖北风味的红烧肉及热干面。他俩将一大块猪肉投入锅里，开始烹制。直到宴会结束，这块肉就是不肯酥烂。热干面，也因茅府没有大锅，最后一拨领到的，大概已是第十几个批次。当日庆典，未见冷盆和蔬果。本次宴会的策划要旨，或许是品尝极简之美。不管宾客用餐感受如何，中国麻油及葱粒，为庆典奉献了渗透性极猛的气味。节目最后，所有来宾自发步入厨房，如观摩某项竞技那样，去探视还在锅里挣扎的那块猪肉。我对茅总说，你确实请了一帮说话很轻声的人来你家，现在这些女士和先生们，连说话的力气都没有了，太饿。

记得当年茅总的女友，热衷选购各种造型别致的碟盘及烹调工具，比如打蛋器、搅拌器、切割器、粉碎器、开瓶器等等。家里拿出来的骨碟鬼鬼怪怪，或方形或三角，却想不到去添置一两个较实用的锅。那次湖北红烧肉失手，就因锅小。烹制现场，他俩各持红木筷子一双，对着那块猪肉，你按头、他摁尾，惊心动魄地煮着，可怜那只钢精锅，几次快要倾翻。

认识茅总，是 1991 年。

那年月，人人打工，要人五人六也难。茅总不同，他和女友总是风姿绰约，令蓬头垢面的同胞羡慕。茅总的嘴角，常挂一撇类似连赢几轮围棋后的微笑。那种怡然，拉大了我们间的级差。但人们未曾料到，可能你刚转身，他俩就速速戴好粉红色橡胶手套，慌忙去做 cleaner 了，也就是清洁工。他俩的精彩，是一种转换的精彩。如此辛苦，是为了能够从多界和跨界中觅得良机。

现在，进入茅总的第二次宴请。

美好的周六上午，茅总来电，让我速去他家吃饺子。踏进茅府，发现已到人数不下十六七个，叮叮当当都在垂头干活。有洗菜的，有剁肉的，有揉面的，有整理碗筷的，有摆桌搬椅的。我像误入了一间唐人餐馆的后厨。本次以饺会友，气氛诡谲，隆重应邀而来的贵宾，个个如家奴般各司其职。且每样食材，都由贵宾从四面八方远道捧来，大到面粉肉末，小到葱蒜芫荽。再看茅总，夹着一截万宝路香烟，穿着发亮的超长尖头皮鞋，质地不错的牛仔裤，忠诚地紧握着他的臀部。他仿佛以某款拉丁舞步，颇有旋律感地穿梭在劳动人民中间。

包好的饺子，形状有十款之多，叠码整齐，如大型开幕式，各种族运动员已入场站妥。饺子在烫口时吃下，是美妙的，除非露馅；绝了，一只都没有。大家来国外打工后，手上的劲道大了，捏得够紧。

酒酣面热，宴会进入高潮，有人提议茅总来个脱口秀或朗诵。凡茅总秀过的节目，只要现场十有一人未曾领教，他会像首演那样再来一遍。让茅总特别上心的事情，还是有几件的，这个占去了一件。

现在，茅总微笑着站起来，脸部弄出些恭敬不如从命的无奈。看得出，酒精已让他的方方面面活动开了。他声明，如果一时想不起词来，请大家原谅，那首叫《黄山松》的诗，已经二十多年未碰了。

鸦雀无声，第二浪鸦雀无声。一个比你想象中更浑厚的声音，终于不疾不徐从容而来。诵读中，所有的发狠，如遒劲的鼓点擂在你的心门；所有的弱读，似在吹动一根羽毛，而羽毛又总是欲飞还跌。最神奇是茅总的停顿，不长不短，次次卡准在听客屏住呼吸就快缺氧的死活之间。最后，茅总的手像刀一样劈出去，并坚定地停在半空。

迟钝了整整半拍后，从呆若木鸡的人群里，爆发出拆天拆地的掌声。初次聆听者会惊讶，哇，茅总的断句、抑扬、气息和逻辑重音的把握，怎么会这般老到。上次和这次，相隔二十多年哪，竟可以如此严丝合缝。这是一次叹为观止的语言艺术表演。有人以西北口音悄声说，茅总，人家是湖北人民艺术剧院里长大的娃娃啊。

茅总的表演，有拥趸两类。一类，就是惊到嘴巴合不拢的新晋受众。还有一类，是和茅总厮混多年的老友。老友们闭着眼都可以跑他的龙套。提议茅总来一个的，就出自这帮兄弟。他们非但不会因反复观摩而心生厌倦，更不会让所谓二十年未碰的噱头穿帮。他们始终在茅总身旁，欣赏茅总酒后的狂野，并借以冲淡移民特有的内心滞涩。也就是，让被麻醉的茅总，来麻醉他们。

茅总真正醉酒，我只见过一次。

那是1995年，茅总和女友商定分手的心酸时刻。茅总和女友是师生恋，一路悲喜交加而来，很不容易。在一个晚宴上，他抓着瓶子喝了很多白酒。散场后，茅总倒在一片草坪上，吼了很久。他和女友的终局，就像坍塌了一块风景那样，让人惋惜，尽管有的朋友自身也正在走离婚程序。茅总由吼转为无泪而泣，又进入昏昏欲睡。夜凉如水，被摇醒后，他口齿含混并带着奶声奶气。估计，酒精已经把他送回稚童时代。茅总早年丧母，七岁就知道一个人跑去亡母的墓前，诉说思念之苦。他在两个姐姐的溺爱下长大，走的是小霸王路线。恍惚中，茅总已渡回被姐姐照拂的那个不讲理的时期。

我和茅总曾中断过来往。

一位很美的湖北省的原话剧女导演，在悉尼不幸车祸去世。茅总邀我参加追悼仪式，我没去，也没解释。茅总极不高兴。多年后，我和茅总在上海碰到。我说，你见我出席过四十岁以下女士的追悼会吗？我不愿年轻女人，最后留在我记忆里的，是遗容。

他说，哦，兄弟，那错怪你了。不过，后来朋友中也没有什么特别年轻的女子离世。茅总很机智，他的意思，如果我是在搪塞，要穿帮，也难。就这样，彼此既明白，又糊涂地再续前缘。

茅总刚建完一座山林别墅。谈笑间，茅总下回宴请的日子，再次逼近。

善增，善增

沈善增，作家，挚友。

生于 1950 年，2018 年 3 月 27 日病故上海。其代表作为长篇小说《正常人》。上世纪八十年代中期，上海作家协会主办了两期青年文学创作讲习班，沈善增先生均担纲首席教员。本文为笔者当年参加沈善增先生追悼仪式后的日记，在他离世五年之际，仰望星空借以拜祭。

善增兄，今天去送你，想起上世纪八十年代，我们站在梧桐树下，一谈便是三四个小时，唯一的话题是小说写作。你有个特点，从不谈半句女性，但是谈小说写作，怎么可以不谈人，谈人又怎么可以就是不谈女性呢？尤其是仅仅你我两人，站在梧桐树斑驳树荫下的时候。

你永远滔滔不绝，你的健谈，全上海排前 100 名还是有希望的。我们站在四季风中，永不疲倦。夏天，你可以把自己说得大汗淋漓，并用一块不很绅士的手帕不断擦拭脸庞。如果我也想说一两句，只有先提及有关女性的话题，你就自动地只听不说了。我知道你的倾听是心不在焉的，你脸上暴露着急切，盼望继续表达的那种急切。树下的谈话，涉猎文学的很多层面，包括对他人才华的艳羡，包括对某些作家作品无遮无拦的臧否。那些年，我们确实皈依了文学，树下的谈话富有圣性，在记忆中余温尚存。

如今，你已经不能很常规地出现在树下了。而我，也无心为谈论任何话题，立于街头三四个小时。这是一种不必叹息的公平，因为我们也曾十分旺盛过。轮到别人时，请把他们当做风景吧。

今天，走近你的时候，有些不忍心看你。看见你，就是在确认我将真正失去你。多年来，从未对你说过感谢的话，那一刻，是我面对你说出感激的最后时机。我注视着比平静更平静的你，在心里说，大哥，谢谢你为我所做的一切，即便是最细微的点滴，我都记着。

总有一天，我们会在天堂的大树下，再次唾沫四溅，再次谈论曾经让我们痴迷过的小说或者你新近特别有兴趣的话题。那天，我一定讲点规矩，只字不提女性。如果，你去天堂后，开始大大方方地，转而喜欢你在世时总要绕过的那类话题，请事先关照一下，让我有个防备。我没来之前，盼你一切安好。

亲爱的善增，那些年，我们为什么总是选择站在树下。某一天，我们又见了，会否看不见树，我们就不会聊天了？

2018 年 4 月 3 日大殓

在乌什

乌什境内的大山连接处，烈风横贯。

这个边陲之县在新疆南部，天山山带凹凸于它的北侧。阳光之下，山口的风，以冰冷的穿透、再穿透，呈现它的粗砺和蛮横。

你以为，可以站立初冬的风袭之中，在开阔的视界，照样观赏地质构造的妙曼，甚至去嗅闻阳光里古朴的甘香。确实，也就十几秒，你将屈服于风的意志。山口的风，如飞行的集束匕首，敌意坦白，态度暴烈。它会让人想起看护牲畜的牧羊犬，没有一点警示，等陌生人察觉，腿部已被撕咬得鲜血淋漓。更让人毛骨悚然的是，迅猛的殊死出击，掩映于安宁之下，气氛显得尤为分裂。你无法要求牧羊犬友善，因为它们的对手，是更为阴毒凶狠的狼队。我以为，牧羊犬的袭击特性，和乌什县大小山口冬日的风，在气质上恍若一致。

曾听过，解放军工程兵原副司令徐国贤将军形容天山之冷，当年从口里进军新疆时，他任解放军一野一兵团所属步兵第五师师长。他说，半夜，官兵在天山上解手，手里会拿一根棍子，一边解手，一边敲断迅速结成的冰柱。

当我在乌什的山口，推开车门探出一条腿去时，轰然一声风响，即刻就使我信服了将军对天山极寒的描述。

人类在大自然面前甘拜下风，是不必羞愧的。那是规避对峙，那是将万物轴心的轮值权限，交给大自然把玩一下的器量。不然，除了骄纵无理，还能如何解释？有时候，急欲控制的愿望，换一个角度看，很像是另一种失控。为什么不能承认大自然的某种力量，常使人类变得孱弱呢？乌什山口的风，就可以带你进入如是思量。

1986年11月，军用中吉普和丰田巡洋舰组成一支八辆车的队伍，从阿克苏地区行署出发，途中将翻越天山系的英沼尔山，驶抵临近中苏边境的一个维吾尔族村庄，那里刚发生了地震，所幸没有人员伤亡。

车队在蜿蜒的盘山路上奔跳，出入前车腾起的尘烟，不断从山与山衔接的山口，盘上盘下。连绵的砖红色山体，表皮脱落，没有植被。秃鹰带有滑翔音变的几声冷叫，放大了乌什山地的空辽。只是，背靠蓝天，连绵的砖红色山体不失雄浑圣性。久视之后，总觉得，无言的山体在关切你。山体没有任何祖先遗迹，让你忍不住遐想，这里从前真是浩瀚海洋？在大海上，你能想象面前的波澜壮阔，未来会变成无边的山銮吗？此刻，这种沧海桑田的变迁，就在我的脚下，它实现于千万年之前。耳边突然就有了海洋的喧哗，那些滔天之水，最后还是被岁月静静噬干。

在阿克苏人眼里，车窗外并没有多少新意。在颠簸中，他们以半梦半醒的方式保持体力。司机拉着一车很不兴奋的人，难免受到影响。倦意来时，他们会把脑袋伸出窗外，让冷风冲淋一下。接着，顺纹理撕下一小块报纸，在方向盘上麻利地卷好一支莫合烟。外乡人不明白，为什么不卷得更粗大一些，省得费事。其实，在寂寞的驾驶中，卷一颗莫合烟，是消遣，是从板结的注意力中断离一下。此外，把一根手工制作的卷烟，尽量完成得精致，其中隐约含有审美快意。

视野里又出现一个坡顶，上面有几棵枯树、数间土房，这是路上一再重复的画面。这次不同，远远望见那个山顶有个牧人，他应该也望见了盘山而上的这支车队。一眨眼，牧人又不见了。

约半小时后，我们的八辆车，在刚才视线中的那个山顶陆续停泊。刚才在驶上山顶时，四处是积雪。我猜想，车队已经攀越了雪线。

在某个海拔高度，终年积雪量等于融雪量，那个位置即为雪线。雪线位置的变化，除了降水和温度，还取决于地貌因素。雪线之上，终年积雪大于融雪，会发现一些局部的冰川化特征。

有几个牧民在忙忙碌碌，没见到一个女人。通常，没有女人的地方，都是临时的居处。刚刚宰杀的羊，挂在一个架子上，锋利的刀快速卸掉羊皮，用一盆水略微冲洗，整头羊被扔进户外的一口大锅。干柴噼啪响着，烟也抖飞着飘荡起来，添了生气。

风声在山谷里响，山顶的风却不大。天蓝得像一块布，伸手几可拉扯。这里的能见度之高，已达到我的记忆之最。我有点晕眩，是视网膜对骤然的超常清晰，不适应了，还是海拔偏高的原因呢？我第一次在雪线之上，仿若远离了尘世的凉薄。冰涩的气流之下，山顶的一切是那么清凉、清洁、清新。在一个相对的制高点，千米万米都在你的视线之内，比你低矮的一切，一律变得萌萌可爱。

我问此行领队阿克苏地区行署副专员米吉提，半小时前，这里有位牧民，他看见我们车队，就转身去抓羊了。这是事先做了安排？米专员说，应该嘛，也是一种好客的传统，但县乡派人骑马跑过来安排，是一定的。他们问过我，我说嘛，今天晚上，我们连夜要估算地震损失，向上级汇报，大家都不能睡觉了。所以，半途喘息休整一下，补充点热量，也是对的呢。两头羊，和一队人马的战斗力比起来，是算得过来的。

米专员拿出一只时髦的小数码相机，让人为我和他合了影。他说，相机是他在日本学农牧业的儿子巴郎送给他的。我问，你儿子为什么选择农牧专业？他真的喜欢？米吉提说，开始嘛，他不喜欢。我说，新疆的农牧业，世界级。值得花心血的课题嘛，五十年也做不完。空白多的地方，就是机会多的地方。巴郎想了一个星期嘛，想通了。这次回来，他给我介绍了以色列滴灌技术，我都觉得有意思。你想想，他出去大半年，眼界大开了。看问题嘛，角度很新。不要小看角度问题，这个角度问题嘛，决定手段问题。

我觉得，米专员有一个重要特点，他的身上没有节目感。

他所有的指向，都是完整地高效地解决问题，而不是在套中舞蹈给人看。在这样长时间的行进中，又值初冬，半途扎实地吃一顿羊肉，是善于工作的表现。当然，肉么大家吃，责任他一人担。

都被叫进去吃羊肉了，我也进去吃了一块，主人给了我一坨羊尾巴，就像一坨软了的黄油，我来新疆不算久，还是吃不了。

我走到了土屋外，走近两棵枯树，它们生长在这个坡顶的时间应以百年计，它们像是两棵枯死的雪松，树冠也早被吹下山去。粗大的树干，或是根系丰富的原因，枯槁了也不倒，苍老而耐看。它们像是两根拴马桩杆在山顶，还在担当一些使命。它们不久就会从这里消失，最后的时光会在暴风或暴晒中结束，并立即被新的拴马方式替代。它们消失以后，过往的马匹，会有一段时间不很适应，其中一定会有若干马匹，常常想念它们。

现在，一匹黑色的马，被拴在枯树上。马的安静里，看出它很习惯被安排在这里。我上前去，发现它尽管很关注我的出现，但没有过分警惕和不安。必须承认，在我生活的城市，不是那么容易接近马，我对马的了解非常粗浅。马的一对杏眼，一直给我灵性的印象，我曾在最娴静的少女脸上，看见过马的眼神。坦白说，这是我第一次把我的一只手放在马背上，我是紧张的。我做了准备，包括它不悦地竖起前蹄，甚至憎恨地蹬踢我的身体。都没有，这匹黑色骏马低垂着纯净的眼帘，文雅地动着它的后腿，似在鼓励我靠近和抚摸它。在同样的边陲之地，这匹马和牧羊犬的分工不同，决定了它们和陌生人的相处很不同。我想和这匹黑色的骏马，这个自然之子，做更多的交流，但对马的无知，让我束手无策。我没有办法，像解读一个人那样去看明白一匹马，我也不能按马匹熟稔的方式，和它对话。

几个司机师傅在抽烟，他们看见我对马的神态十分隆重，他们发现了城市人某些时刻的低智，他们笑了。当你从城市来到乡村，尤其是离你的习俗很远的乡村，所有的陌生，让你像一个文盲面对一张报纸那样哭笑不得。

我依然敬慕地站在黑马之侧，拍拍它或摸摸它，手上的幅度一点点大了起来。我想起我的朋友诗人王寅的一首诗，我读这首题为《马》的短诗时，它尚未公开。

　　我的马在雨中独自回家
　　它的毛色像我满布伤痕的右手
　　我的马双目微闭
　　迈着细步回家

　　我喝着酒，隔着酒馆的长窗
　　只能看到它削瘦的侧面
　　它正在回家，像我沉默时一样低着头
　　但远比我像个绅士

而我要远行，两眼通红

坐在酒液乱流的桌旁

看着我的马

在雨中独自回家

　　这是很有天分的城市诗人意念中，自己和马的关系。马在诗人的句式里，吸满了怅然的意绪。马静静地细步回家，将在主人的莫名不归中，低沉长久。而诗人笔下的那个男人，将带着对马的思念远行，我无从猜测他的所有动机。只是，他心中满是幽怨已经注定。

　　我面前的这匹黑色骏马，它的原乡，或就是城市中人的远方。这匹马借以谋生的每一步，对它而言，只是踩踏在不同质地的路面，无比庸常，可以忽略差别。

　　乌什的雪线之上，太阳照射过来，四周亮晶晶的，却并不刺眼。黑马和我各怀心事，都在积雪上投下小片阴影。站在乌什山顶，无论是我的心，无论是眼前的千里万里，都壮丽而安然。

　　三十六年过去了。

　　此刻，一个幻象出现，1986 年，被我轻轻抚摸的那匹黑马，和诗人王寅笔下的那匹马，在雪线之上渐渐重叠，成为同一匹马。诗篇中的雨水已停歇，拴马的枯树也已不见；乌什的太阳，照在湿漉漉的马背上。

应届生包老师

包老师和我，是刚恢复高考，于 1978 年从中学直接考入大学的。进校时十八岁，被称作应届生。同班一半同学，已年过而立，每班会穿插四五名应届生。很快，应届生一律有了自己是小赤佬的意识。及年逾花甲，这种自我认定仍未消弭，倒也无碍心性。

本校中文系 78 级约有学生 170 名，给人印象不深的隐士中，或有包老师。在校四年，包老师不朗诵，不发言，不吵架，不打球，不跳舞，不打牌，不恋爱，不用电炉，不带中学时期的女同学来校游玩，也从未忝列某门课的补考名单。去食堂买饭，前有玲珑的花裙女郎，包老师就自觉保持一米的距离，略有几粒粉刺的脸侧偏，以右手食指摸一下淡淡的八字胡。他的身后，大家手持搪瓷碗，踮脚朝窗口里瞭望，饿得不行。食堂是摩擦易发场所，那里地板光滑，大学生打架，态度高贵，一方滑倒，对手会等着你站立起来。

包老师也并非对万事说不。烟，他是抽的，由他当工人的二哥供应。相比穷苦过的年长同学，包老师分派香烟的手势，会更华丽一点点。而大哥们递烟过来，一般捏得较紧；指间在说，不想抽，别勉强；人家还没清晰表态，烟已被快速放回盒里了。

我回忆在校期间的包老师，背景全是他蚊帐半垂的上铺。可见，他把不少时间花睡觉上了。我和包老师不同班，四年中没说太多话。本班有位北方同学和我走得近，他的寝室被插到邻班，成包老师下铺。

包老师深度近视，在床上俯看我时，懒得戴上眼镜，双眼冲我眯一眯；看了我四年，也没看真切。提起我，他就说，这人身高大概在一米七十到一米九十之间。模糊达二十厘米，令人并不是太愉快的。

冬季，宿舍奇冷。六人中，三四个鼻尖有清水鼻涕，欲滴未滴。临睡前，知青背景的同学，有人会解下裤腰上的皮带，把脚端的棉被一扎，以利保暖。包老师很好学地做了效仿，被窝由此就很舒服。冬天上午，我常见他第二节课才走进教室，脚头很快，怕被关注。

四年中，包老师平淡无奇。毕业时，收到被分去外地工作的粉红色书面通知，立即淡出。第二年考取研究生，又重现母校。获硕士学位后，他去了一所大学，教"大学语文"。

1988年夏，上海甲肝暴发。包老师的小学同学里有位校花，家住六楼，她隔壁那家，父母常年在外地，兄弟三人这次都得了甲肝，四十度高烧不退，清一色像煮熟的面条那样柔软。三兄弟急需让人背负下楼，再用黄鱼车运去隔离医治点。校花已恳求了五个人次，均称，正急着要去某处。传染风险很大，请人帮这个忙不易。如果找到第十个人仍然未果，校花准备自己上。刘晓庆抬得动唐国强，她就不行？又一想，要连抬三名唐国强下六层楼，还是抓紧继续找人吧。找到第九人时，对方一口答应，那人就是包老师。

三兄弟中，有一位体重过两百斤。身高一米六十六的包老师，决定把他放到最后处理。理由是，背到最后一个，已见苦海之边，自己的状态，多半会出现一次战无不胜般的升华。

包老师上下六楼三趟，把第三人背下楼梯的最后一级时，腿一虚，被背上的病人压趴在水门汀上，包老师的身体被完整覆盖。包老师的嘴唇磕破，两块眼镜玻璃再厚，也还是裂了；他吐掉血水，拿起眼镜架在地上敲了几下，拔掉碎镜片，又把镜架戴正在脸上，整理了一下八字胡，说，格桩事体讨厌了嘛，不戴在脸上，又有点不习惯。他此刻已经看不清校花是男是女了，但心里清楚，她极美。

后来，校花就成了包师母。

再过了两年，大家纷纷做起生意。包老师一边继续上课，一边做起棉纱买卖，其实是搬砖式的生意。要点是，始终不让合作方发现自己周转资金有限。包老师还是有点办法的，他会给日常使用一百元一条领带的合作方朋友，送去价值两千元一条的领带，别人有点感动的。他不会买一套两万元的意大利CERRUTI西服作为礼物，九十年代初期，大家不太懂奢侈品牌和价格的关系。包老师会在小物件上，花高于常态数十倍的钱，给人以殷实的感觉，也使别人不至于动辄来追讨应收款。当然，他的高明，不仅限于此。

包老师是赚到些钱的。几年以后，他找机会脱了身，但他始终没放弃大学教师的职位。在充满机变的时代，懂得适时休止和脱身的人，几乎可以和天才等量齐观。他们的行为，常与流行的人性悖反。他们和大多数看着明牌，指导他人蛮好这样那样的人，截然不同。入围他们这个小众的原因，形形色色；总之非常难能可贵。

前不久的一天，包老师向在沪几位应届生同学，发出品尝河豚的邀请。毕业四十年，我们这些小赤佬应届生，除了腰围和脸盘大了一圈，每个人的节奏和标志性的特质，几乎未变。有人当年就热衷自我赞赏，那天仍在唱着这个主题，只是提及相熟的名人显达，插入得要比过去含蓄。有人像是世袭的人生配角，坚持在一旁呼应和认同，脸上的那种专注，让主讲者很受鼓舞。

这家饭店是包老师开的，他请大家对菜品提提意见。

一女同学说，听讲有个歹徒上门敲诈，你不从，人家将一把长刀，哐当扔在餐桌上，杯碟跳起，人群惊散。你慢慢迎上去，对歹徒说了两句话。第一句，喔要，格桩事体讨厌了嘛。第二句，如果今天没人流血，让我怎么看得起你？歹徒起初没懂，但你的微笑，还是让他慌了。歹徒收起长刀，边出门，边说，大哥，没见过你这么小气的！

女同学正发问，略有发福的包师母走进了我们房间，包师母说，不完全对，是两把长刀，三个流氓。大家愣了一下，鼓起掌来。

我对包老师说，请问，领头的那个流氓有多高？你要再说，大概一米七十到一米九十，今天我就不走了。

包师母张大嘴，啊了一声，笑得喘不了气。她拿起包老师的杯子，喝了一大口红酒，对我说，其实，阿包一开始就知道你一米八十六。他自己太矮，不情愿轻易让你得意。我们拍拖时，他就用这个例子告诉我，他的内心很复杂，诗人一样的。

我摸了摸可以长八字胡的地方，说，喔要，格桩事体讨厌了嘛。包老师双手捂住脸面，扮羞愧状，又放下手大声说，来，再开一瓶酒。

今年，应届生包老师和我们，都六十二岁。

江西来的义烈

　　刚认识的六位室友，集资买了一个木座温度计，它在寝室的墙上一挂就是四年。1982年毕业离校前，同学义烈请求收藏，并让我们五人在背面签名。

　　回味大学寝室里的每一小片时光，都心动怦然。斗室中个个精英，虽根植于同一国度，但来路有别、年岁不一，他们天性中的斑斓光芒，曾让我目迷五色。

　　床位的安排，是辅导员事先定好的，报到那日，毫无纷争。六个床客支起六顶蚊帐，同窗之谊开启序章。时长四年，彼此间不自觉的精神探入，缓慢而深刻。

　　囿于篇幅，我只能先拿义烈说事。

　　来自江西的义烈，有个令人吃惊的本事，你请他看过一篇万把字的习作，一年半载后，他竟能整段诵出原文。唐诗宋词、千古名篇，只有你说不出来，没有他不知道的。义烈在文字上的默记才能，如有神助，遍数中文系，似无出其右。

　　1978年入学时，义烈已过三十，谢顶多年，看上去要持重一些，但他又是个分分钟会羞涩的主，为本班老三届中仅存的单身。义烈以那年江西省高考文科总分前四，入读本校中文系

78 级。

老天爷让义烈具备某项天才，也给了他几样恶毒的缺点，比如，他的平脚板。这样一个腼腆的人，走起路来，肩膀左晃右摆，一副狠三狠四的样子，和他内心如履薄冰的调性，完全撕裂。

义烈的父亲早早病故，全家由九江市区迁入庐山一带村落，母亲也从城市女眷，变一介村妇。义烈六岁上学，去学校的路上，背个竹篓，回家带回满满的猪草。后在庐山中学住读，周末仍不忘背回猪草一篓。来来回回的上学路上，年年岁岁的山间盘旋，义烈默诵着形形色色的古诗古文，用以打发行路的寂寞。

斯文如义烈，三餐不离剧辣。每次寒暑假回来，都从印有"为人民服务"字样的灰色人造革旅行袋里，捧出一个二十多厘米高的广口瓶，里面是满满的泡菜，一律以赣州的小米椒腌制。一截相貌老实的白萝卜，我只轻轻一咬，就像在嘴里点着了一只电光鞭炮，半边脸颊由内而外早已麻木。那种具有超级渗透力的剧辣，对我的味蕾，是一次丧心病狂的施虐。很有趣，本室垂涎者五名，是排好队凑上去领教九江泡菜的。真是五个贱骨头啊，只在瞬间，室内大乱，咳呛、捶胸顿足，五个人同时嘴上不停地吥吥吥和嘶嘶嘶，泪眼相对，不知南北。眼看着我等被辣翻，义烈煞有介事地很男人起来，笃定地双手一摊，风风凉凉地说，人家吃了几十年了，平常的东西嘛！

班副老高相貌堂堂，是鲁西南版高仓健。他的铺位在我头上，入校前是菏泽的一位村支书。他喜欢在蚊帐中捧读，穿着宽大的花布裤衩，双腿插进印满牡丹朵朵的棉被里，"梁山"牌卷烟一夜半包。高支书的蚊帐，入学三月已然熏黑，在五个白色蚊帐的包围下，特别醒目。而那时，人们对尼古丁比现在要宽容。冬日凌晨，从上位的蚊帐里，会伸出一截热烘烘的玉臂，怒而不言地在黑暗中推开气窗，将满室烟气导向室外。这条玉臂，是义烈的，他绝不放弃对自己的爱惜。每天气窗哐当一响，便是凌晨四点。

记得，有次现代文学课期末考试，让大家当堂就文学史中的一位著名女性形象，写一篇不少于八百字的短评，比如祥林嫂、瑞珏等。考试后，老师要做一次评卷分析。那天，四个班在一起上课，老师请义烈站了起来，问道：这次考试，你是唯一选了没有编入现代文学史的小说人物，作为分析对象。你是出于什么考虑呢？义烈低着头，耳根热红，声音含糊，说，老师，1942年，属于现代文学史的时间范畴吧，我们所能看到的现代文学史，略去很多著名的民国小说，这又是出于什么考虑？老师不易被察觉地愣了一下，老练地避开了义烈设的辩论陷阱，说：那天你是在认真答卷吗？义烈说，是的，我认真到，连及格不及格，都不在乎了。

老师微笑着说：那你觉得应该得到一个什么成绩呢？义烈嘟囔地说：除了优秀，还能是什么呢？大家都笑了，甚至有人鼓掌。

那次考试，义烈鬼使神差地谈了周天籁写的《亭子间嫂嫂》

中女主人公的形象，这部民国时期的长篇小说，描写了两位风尘女子的生存状态。我再次看到该书名，是二十年后，电影导演彭小莲在一篇随笔中提及，复旦贾植芳教授曾向她推荐过此书。

试卷发下后，义烈把试卷塞进书包，低着头，不回复同学对他成绩的询问。直到三十多年后，本寝室同学聚会我家，大家再次问起，义烈用食指蘸着白酒，在餐桌上，写了一个字：优。

义烈的不世故，市面上已少见，大学毕业后，义烈分在九江一所院校教授古文。他简化了人际关系，日常活动宽度，仅到实用的边界。他为自己选择了隐沦的生活。

大学毕业三十周年庆典，各地同学从四处赶来上海，义烈是带着使命来的。本班同学聚会，筵开三席。义烈无心饮食，双眼一直锁定在一家大出版社任社长的同学。义烈终于站了起来，向社长边上的一个空位走去，迟了一拍，座位被占，他窘迫地在原地打转，不知所措，勉强找到隔开社长两三人的一个位置坐下，等着说话机会，他手上还有个塑料袋。

时间起码过去了十五分钟，交际手段僵硬的义烈，无计可施地坐等着，一点都插不上话。他的犹豫不决让我心酸，我不得不走到社长跟前，把他请到义烈边上，让他们单独在一边聊了起来。我看见义烈拿出一袋皱巴巴的庐山茶叶，社长极为明智地收下了，义烈又拿出了一包文稿，社长也收下了。我移开目光，不让义烈发现我在看他。

一周后，社长把我叫到他在福州路的办公室，把义烈的作品给我看，是类似箴言录格式的文字，确实缺乏卖点，义烈和市面的互动，已经几乎没有。社长说，由你转寄，帮我宽慰几句。我将原稿和社长所赠的一册精装版《叔本华哲言录》寄给了义烈。

约二十天后，一个快递纸箱出现在我面前，是义烈寄的，里面是二十本自费印刷的简易读本，书名是《感思录》。他用那个退稿印成了小册子，让我在同学中传发，真够执拗的。

义烈终身未娶，当年，我曾对他说，你或许没有恋爱的能力吧。他脸红了，并没有反对。

毕业后，两地相隔，来往有限。几年前，义烈在家中突发心梗离世，被学生发现，已是七日之后。查了一下，在那几日内，我是给他打过两次电话的，他应该就在铃声边上。

那只破旧的木座温度计，当时仍挂在他修葺一新的教授公寓里，我们寝室五人的名字，静静排列在义烈告别人世的地方。

会长建秋

建秋，同寝室大学同学，来自盛产铁观音的福建安溪。1978 年入学时，二十四岁。报到当日，建秋拿出一只白瓷茶壶、一对白瓷茶盅，放入搪瓷碗内以开水淋洗。茶壶小，比墨水瓶略大；茶盅也小。

开水注入壶内，茶叶胀得满满，顶斜了壶盖。建秋斟茶的手势酷极，右手拇指及中指捏住茶壶两翼，食指点住壶盖，小指优雅跷起，将壶垂直拉起三十厘米，对准小茶盅俯冲，一次一盅。建秋闭住眼，端茶嗅闻后，滋的啜干一盅，滋的又灭了另外一盅。我还欢欢喜喜以为，会有一盅是我的。

品茶没我份，并不影响建秋向我求助。当晚，建秋要求我带他找地方一尝酱爆猪肝。当年本校几个大门外，均无商肆，入夜即黑。要找饭馆，只有从正门外中山北路大桥的北端，一直走到南端桥堍下面，单程需二三十分钟。

建秋眼里，酱爆猪肝是上海的魅惑之一。他说，他一个闽南人，为啥第一志愿选填上海，就是为了尽早尝一口正宗的酱爆猪肝。建秋踏进校门的第一念想，足够吊诡。当年我仅十八岁，处世经验多来自书本，看问题狭隘。我想，一名山地才子，一脸勤勉才对，怎么会把一啖猪肝，当要事急办呢？

建秋是石匠后代，原乡著名秀才。小小年纪，宗祠内外的文告发布，概由他以文言文写就。建秋笑傲村内村外，瞅他半眼，适龄女孩一律脸颊飞红。

闽南人做菜常用煮这个词，酱爆两字，对二十四岁的建秋来说，是味蕾之谜，他对此等烹饪手段带来的口舌美妙，充满好奇。

我俩走进一家国营小饭馆，天花板上有两只白色大吊扇在工作，几根日光灯管微微晃动。店堂内烟雾薄薄，两拨男客背心拖鞋，桌面上是扎啤和白斩鸡，麻油香味隐约可辨。刚才还不失倜傥的建秋，突然拘谨了，他对上海的饭馆有些高看。他假姿假眼地看着别处，动作极小地塞给我一张五元纸币。我在柜台前点了酱爆猪肝、肉丝蛋汤和两碗米饭。

四十五年过去，仍记得建秋初尝酱爆猪肝的样子。他沿用品茶的闻香习惯，边咀嚼，边抽吸鼻管，发力嗅闻。在建秋攻击那盘猪肝的时候，我也不客气地截杀了那碗肉丝蛋汤。对铁观音的垂涎落空，让我对建秋的风度有了印象，吃罢猪肝，他定会回来横扫那碗汤的。我先一步将汤底的三四根瘦肉丝捞起，那几根肉丝白里透红。建秋的眼神跟着我的筷头，一路跟到我将肉丝送进嘴里。桌面上所有盘子和碗，已经见底，都在账台取了类似如厕用纸，抹净油嘴，各有各的满足。

建秋的上海生活开始了。其实，校园里的上海味道是有限的。很多年后，班里有位山东籍同学，在京城掌管一家学术地位很高的期刊，他回忆当年上海留给他的深刻画面：清早马路上，看见女性市民脚蹬红色硬塑拖鞋，花布睡裤上有米老鼠若干，一手拎着马桶，一手拿只大饼咬着。上海同学笑了，这确实是当年校门附近的真实场景。

建秋的国语发音，舌位和口型略家乡化一些。有个别同学，喜欢模仿他，会说，建秋，你看见地上有没有飞（灰）呢？我总担心建秋会生气，但每遇有人拿他的国语说事，建秋脸上就满满一头雾水，作不理解状。对方只好为建秋进行正误发音比对，想让建秋明白笑点在哪里，但一连多遍，建秋总像在故意错开，把简单的交流，弄得牛头不对马嘴。搞笑者最后反被搞得又累又烦，哪里还有什么好笑可谈。建秋的应对，手法古怪，未见他落过下风。

建秋并不在乎国语发音被取笑，但对另一件事极不怠慢，这就是象棋的输赢。建秋进校后才正经开始学中国象棋，拉着同学下棋，战无不败。直到毕业，建秋都不知道"臭棋老子"，应该念作"臭棋篓子"。他是憋着一肚子不服，回老家的。

当年在棋枰上，给建秋不愉快最多的人是我。那时的建秋有个毛病，他输了棋不让人走，袖子都快被他扯下来了。极偶尔，他要赢了一盘，就摆出有事不便再奉陪的遗憾样子，要你求他方可继续。你要是不求他，他马上变回脸来，说，好吧好吧，再来一盘。他输棋太多，不会轻易放过每一次扳本的机会。所谓有事，不过是虚晃一枪，及时尝一口赢者的优越滋味。

毕业三十周年庆典，校友再聚上海。同学中校长、局长不少，但会长只有一个，就是当年的"臭棋老子"建秋，他担任了市级象棋协会会长。他一直在努力，终成象棋高手。建秋提议再次捉对厮杀，他一口气荡平了当年折磨过他的所有对手。那时建秋年近六十，对棋枰之辱念念不忘，冷血复仇后，他写了一首痛定思痛的绝句。我读后，一个超级玩家的形象呼之欲出。我想转发班群，他说不好不好。我在强行转发前，慎重地问了一下也是同寝室的大哥崇明老陈。

体重两百余斤的崇明老陈，已从中学校长任上退休。在我不到二十岁时，他曾以默默的行为告诉我，凡超胖男子，心思常是极细密的，千万不能被他们的庞大体型带偏。老陈绝活多，且简白至极。比如，买二两粥，他将两只搪瓷碗推进食堂窗口，要一两两碗，再一合，准比直接买二两，要多出不少。

我问老陈，会长的踌躇满志太好玩了，可否强行转发他的绝句。老陈说，还是听会长的吧。建秋身高一米七，喜欢照片上的自己，身材要高大。有时他发来的照片不知怎么弄的，看上去足有两米多高，也不管失真与否。老陈的意见有道理，建秋应不会乐见绝句中的得意洋洋，在众人面前矮化了自己。

建秋五十岁后，已不再是铁观音的独饮者了。我当年少喝了一小盏，赚大了。他每年都给我邮寄高品质的铁观音新茶。几年前，建秋邀我去了一次安溪，主题还是下棋。我俩在宾馆激烈博弈三日，总盘数他胜出。当然，对发生过悔棋的该如何点算，有过争议。

在建秋家，我见到了他八十多高龄的母亲，老人家非常硬朗，收拾得干净利索。她不会国语，我们没有语言交流。建秋告诉我，从无陌生人搂过他妈妈的肩头，在拍照时你搂着她，她很重视，事后对建秋说，你那个同学好，他这样搂着我，这样。

我庆幸，向建秋的母亲表达了敬意，以老人家觉得很暖心的语言。

我在安溪街头和建秋告别时，彼此都明白，以后仍在这里见面，应该不容易了。上车前，我紧紧拥抱情如兄弟的建秋，却收不到他身体的呼应。他对这类肢体语言的适应，仿佛还停留在吃酱爆猪肝的那个夜晚。但他是诗人，他的心早已被离绪包围。他的眼角有泪花，我转身就走，建秋的这滴泪应该还掉不下来。

我就转身走了。

李公公

李公公，自称是被养父母捡来的。在场的同学默不作声，以为后面还有干货，这个 1948 年诞生的上海男人，却打住了。不过是个流露，流露他对血统和门第的不以为意。

中文系 77、78 级，平均年龄偏大，着装、发式似落伍于市面，但心性多有精英的调调，李公公身上却没有。当年令人艳羡的上中毕业生，离校再久，内心多有挥之不去的优等感，李公公又是例外。偶尔，他在做派上还假扮世俗，能识破者寥寥。

上英语课，小姑娘一样的老师，请长辈一样的学生李公公站起来，解释一个语法现象。李公公以前学俄语，现在被分在程度最低的英语丁班，常缺课。他站起来，捶两下腰眼，向老师发出可否放一马的暗示，又尝试着企图回答一下，最后还是指了指自己的嘴巴，意思嗓子哑了，他勉强说了两个字，哑了。嗓音极像服务于皇宫内的那路男子，老师笑了，摆手请他坐下。

他坐下去时极缓慢，意思腰椎间盘突出也是真实的。弄不清他的套路，课后，我叫他英叔。他说，还不如李公公呢。李公公这个叫法，正式启用。几十年后，英语丁班全体忘了他的真名，包括那位已退休的小姑娘英语老师。

李公公，平头，冬瓜脸形，鼻梁长挺，颊无赘肉，刮得淡青，架副眼镜，贵气含蓄。以1978年的眼光看，他脸上那副无框金丝软边眼镜，极精巧。金丝细细，轻软地勾搭住他的耳根，却好像舒服了我们的触感。眼镜应是从长辈那里来的舶来品，和他的鼻梁绝配。

有同学的小孩来校，叫一声李伯伯，他就会在桌面上，铺一块手帕，摘下眼镜，镜面内侧朝天，放上去，然后拍两下桌子，那两条金色的弹簧镜腿，颤抖达两分钟都不想停，有种很神经的喜性。幼童们被挠了痒痒似的，开心，还要来，李公公不厌其烦，一遍又一遍。

大学78级招生那年，各系招进很多本市户口的老三届，三十岁上下。他们一般都上有老、下有小。全天课程一结束，很多人急着回家，跳上自行车，像敌后武工队一样，上衣立马就飞起，只是少了一把斜背的驳壳枪。校门大开，几百号自行车鱼贯而出。他们基本不在学校过夜，但还是会占个床位，李公公就是。

期末考试前的几天，李公公没有回家住，在109寝室过夜。该寝室六人都来自本埠。难得和弟兄们同宿一夜，李公公有点兴奋。他捧着贴有油焖笋标牌的马口铁空罐，在上铺的蚊帐里吸烟。熄灯后，他清了两下嗓子，等待弟兄们恳请他讲那过去的事情。他的记忆力不错，能记得几个月前自己讲过的一段什么经历，通常他会去上次结尾处回顾一下，再进入新故事。开讲前，会骤停，对几位同样横在双层床上的小阿弟关照，听到吗，不好讲出去的。弟兄们，包括个别他的同龄人，也混在里面异口同声，阿哥放心。

静了已久，这次意外，后面传来的只是李公公的鼾声。

1978 年，也就是李公公三十岁时，他的穿着，比所有男同学都略考究。衣料上乘，款式老法，一律熨过。他有件外套，人字呢大衣改的，虽是旧物，但比新货还要挺括，叫领子竖起，它就能一直站着。李公公曾露出过缎面小马甲，多少有遗老遗少腔。那时，从校长到门卫，从教授到学生，像是成建制集体退役的军人。校内所见的男性穿着，一律是类军用款式。李公公的穿着另类了一点，但还低调。大家也看不懂，他身上是不是有老派八仙桥味道。李公公说，阿弟，冤枉地不要，家里有现成的，做啥还买新的？

二年级时，有个下午，李嫂抱着襁褓中的儿子，来学校探望。阿嫂把刚洗净的尿布，一块块晾晒在宿舍里，水滴了几滴，也就没了。

李公公觉得，空间小，五六个大男人在里面活动，大家弯腰低头，在尿布下钻出钻进，煞风景了。他双手作揖，对阿嫂说，阿姐啊，求你，拿到家里再晾出来吧，你说会捂出气味，顶多再洗一遍嘛。

几个兄弟见阿嫂脸色不对，十秒钟之内，全部溜走。李公公觉得没面子，火气一点点上来。有人在门外听见，李公公生气地说，这算什么路道，你可以让老公为儿子让路，但你不能叫所有人，都为你儿子让路吧！你借两分理由，做了五分的事情！门哐当开了，阿嫂抱着孩子出来，径直走去。李公公跟到门外，叹了口气进去了，一会儿又出来，脚花微乱，但还是没追去。同学说，从此，阿嫂再没来过学校。

那天清早，李公公到校早，把东西放在109后，端着一杯碧螺春，开始串门。走进我的寝室，他看见桌上有一包红牡丹，我抽出烟敬他，他止住我，问，有女朋友了？我说，和化学系一个女同学刚接触。他说，阿弟，你用红壳子，和我交换恋爱秘籍，这生意就是亏本，我也做的。我问你，如果看见你的女朋友，正和一个英俊男生，站在某个地方起劲谈话，你会怎么办？我说，真没想过。李公公把我刚才给他的那根烟，拿去放在靠近他的那端桌面，说，那么，这是我的了。第一，绝不能走过去干扰，这证明不了你很喜欢人家，却暴露你格局太小、教养一般。哦，和你好，自由都没了？我问，怎么做才对？他指了指那包红壳子，又抽回手在他面前那支香烟边上敲了敲。我忍不住笑了，乖乖地把第二支烟放到指定地点。他就说，要在确保他们能看见你的前提下，贴着他们走过去，但看都不看他们一眼。如果她叫住你，你就回头微笑一下，继续走你的路，表情显得平常，懂吗？平常。另外，以后永远别去打听那男的是谁。

说完，李公公把两支烟，插进他的大前门烟盒。我觉得他的调教费，性价比不算很理想，但李公公端着他的碧螺春，大师一样走了。

毕业很多年后，本班出了一些人物。每年圣诞，一些同学，会让办公室寄圣诞卡给李公公，而李公公从不主动联系他们。李公公以一名退休中学教师，告别职场。他曾对我说，阿弟，记住，不管在哪里谋事的同学，麻烦，都不见得比你我少。我们若有点事，就轻易开口的话，很多年后会发现，非常不值。你要把自己天大的事，都当小事，而不能倒过来，动辄求同学帮忙。大家住过上下铺，又怎么啦？那是过去。识相，懂吗？

记得去李公公家吃饭时，阿嫂曾经对我说过，李公公一生没有能力帮助他人，但他一直在做一件事，就是不打扰别人。如果和他一起在马路上走，你会发现，侧向有人走来，他一定停下来，让别人先从他面前走过。明白吗，在上海马路上，他这种人5%都不到。

毕业十多年后，当年看过眼镜腿颤抖表演的孩子中，有一位考取了清华大学。临行前几天，清华新生对妈妈说，他真想戴着李伯伯当年那副金丝边眼镜去北京。妈妈说，有空啊，你。清华新生说，那年我五六岁，只要一见李伯伯那副眼镜，就能浑身轻松，从来没有过的轻松。如果，我戴着它，碰到任何困难，都会得到放松的暗示。

女同学还是打了电话。李公公放下电话，卸下镜片，把那副镜架送了过去。女同学说，借的，好吗？

李公公说，好的。

嬷嬷宿舍

上海市重庆南路第一小学，今天只剩下旧址了，但它是我的小学，在我的记忆中自然是永存的。或许有一天，这种形式的存在，会被阿尔茨海默症消灭。

这所小学原是嬷嬷的宿舍，从属相邻的那座圣伯多禄天主教堂。教堂和嬷嬷宿舍，均是法国华侨出资建设，于1933年落成。后来嬷嬷宿舍用作教学场所，原建筑设计在功能上不能满足，就在主楼外靠复兴中路一侧，补建了一座学生厕所，初来者不易一下找着。

1967年，我们上学首日的第一件事，是由班主任带着50名新生，踏响已不见漆色的水曲柳地板，穿过亮着白炽灯的主楼内廊，去熟悉通往厕所的路。

这个开学第一事项，在七岁儿童们的意识中，不经意间植入了一个工作模型，即每遇陌生场景或突发事端，先梳理出第一需求，并明确解决预案，而决不是一切均随机应变，并让不确定因素不断叠加。七年级（第七年只有一学期），在我们行将离别的时候，班主任面对身体骨骼初现成人化的我们，在临别赠言中说道，事先斟酌过的预案，通常会比即兴应对，更为周到和严谨。老师说，她把这段话告诉大家，是因为她在几十年的经历中，个人觉得这条很要紧。我听了，立即和入校第一天，去认识厕所的情景连了起来，发现老师不自觉地完成了一次精彩的首尾呼应，耗时六年半。一个教师，能教会学生这样一些规矩，让我敬畏。

但另一方面，关于天主教堂的功能、什么是做弥撒、嬷嬷是何种职能等问题，在当年的小学教师中，能少带偏见、以合适方式讲明白的，不多；而人云亦云胡说的，最是常见，包括我的母校。以至于，我今天走过教堂，下意识里还会觉得，那里是布满暗道机关的所在，总有秘密谍台的信号，从教堂高耸的尖顶一圈一圈向外输出。并且，我在这个曾经的嬷嬷宿舍里待了六年半，一直以为，嬷嬷们的脸色是菜绿的，无不阴鸷。

就在这个为我制造过不少常识偏差的地方，我曾对自己做了一次如有神助的估量，也就是三年级时，我报名参加了横渡黄浦江的体能测验。那年我九岁，刚能蛙泳百米，却认为自己能扛住连续游进六小时的测验。这是一次了不起的自我估量，没有太多依据，只凭想象力和盲目自信。

三年级的学生，只允许报名横渡龙华港附近的黄浦江江面，项目全称为"横渡黄浦江"，也叫短游。高年级的，除了短游，还可以选择两个项目，分别叫中游和长游，是在不同的两处江面横渡长江。理论游程，中游6000米，长游12000米。这两项，区内每所小学只会有一至两人入选，入选者立即成为全校的英雄。

真正获得入选资格，需经过事先的模拟测验。三个项目同时在一个泳池测验，持续游进的时间，分别是 4 小时、6 小时和 8 小时。这一切都是在学校的橱窗里公布的。参与这类活动，按当年的习惯，我们是不事先知会家长的。

本次渡江测验，安排在夏季的一个星期天，在上海第二医学院东部校区一个非标的泳池举行。本校报名者共计 52 名，三年级有 12 名。52 人下水后，占了池面的小半。一面红旗先导，固定在两个黑色救生圈上，由一位教师在水中推行。开始，队伍游速缓慢，相当一部分时间在抬头踩水。半小时后，我们的体温攀升。烈日下，脸部皮肤似有被粗暴揭去一张膏药时的那种灼痛。两个小时一过，有人划向池边，撤了。

池岸纵向两端，各有一名穿白色平脚短裤的体育教师，早被晒成喀麦隆球星模样。他俩都从地上拿起一根带着圈套的长竿，准备应对池中的突发状况。这个动作，给测验者很大的心理压迫。大限已然到来，大家的疲沓感被放大。三个小时过去，水中的人头明显变少。

极限时刻，我已体会不到水对身体的托载，几次在水里睡着，呛水而醒。

体育老师嘴上的黑色胶木哨子，不时威严响起。或催促我们保持紧凑间距；或指出有人在浅水区脚踩池底，被视作自动出局；或询问某个乏力者，是否选择放弃。有人举手，悲伤地笑着宣布中止；有人不耐烦地摇手，似充满敌意地决不放弃。在队伍里，也有几名女孩在闷头努力。尽管哨声虐心，再看波光粼粼之中，苦撑的少年们，渐露勇士的光彩，水面有悲壮之气喷薄而生。岸上传来零星掌声，让我觉得有种接受洗礼的庄严。眼看同级的同学不断离去，我好像已背负着整个三年级的荣誉，继续划动着乳酸堆积的沉重手臂。

报名前，对于四小时不间断兜游，会是怎样的考验，心中无数；只是觉得自己的意志足够强大。事实上，三小时后的每一秒钟，我都在自问，要不要放弃？对于一个九岁的孩子来说，这有点残忍，他单薄的意志，几乎不能承载这种连绵不绝的锤击。

有一位体育教师读一年级的儿子，破例在我们测试的队列里，而且，他选的是中游。他的存在，既令我沮丧，又刺激到我。几乎就要溃退时，想象到这位小弟弟眼神里的鄙夷，瞬间就逼挤出了舍生忘死的最后余力。

阵阵窒息来了，身体缺氧，状态沮丧。我确实要计算一下，与其再坚持一段后仍是放弃，真不如立即中止。精明，常能瓦解人钝钝的意志力。我所说的自我评估，这个时候正在运算，它由眼下的实际感受、判断、侥幸、意志，以及荣誉感等混合而成。突然，有一个蛮横的念头出现了：只要还有一个人在坚持，第二个就应是我。这个念头出现得混沌而莽撞，我在水中进入半梦半醒。

终于宣布，池中短游者全部及格，可以上岸了。那个瞬间，就像走失经年的孩子，突然被告知，双亲已在赶来的路上。一起上岸的三年级同学，只剩下两名，十人没能如愿。

回家路上，全身滚烫，夏季的微风，在我身上吹拂出了春日的和煦。心底满是荡气回肠的豪迈。终归，还有点不相信刚刚发生的一切，竟然一口气游了四个小时，我是一条鱼吗？

到家门前，我的右手艰难抬起，颤抖剧烈，无法将钥匙插入锁孔。里面有人来开门，我顺着打开的门，像九死一生的远归壮士一般，倒在门内的地上。被好多只手抬上床后，连续睡了二十多个小时。

再醒来，觉得自己不是以前那个我了。那种强行克制着的谦逊里，蹲伏着美妙的优越感。一个九岁少年的日子，变得绚烂，且对自己开启了全面领先同辈的人生，没有丝毫怀疑。

而另一幕人性的滑稽戏，已在暗中酝酿，并猝不及防地上演了。三年级下半学期，学校要举办首届书法展，我以为我的书法，在年级的名次进三望二盼一，是不夸张的；这还不是我的全部预期。本次展览，有个预选环节，我们班送出五幅作品。结果，我的那张毛边纸，是本班唯一没有通过预选的作品，被赤膊退回我的手里。坦白说，我没有准备好面对这个结局。这个否定，突兀、强劲、刻薄而史无前例。它正告我，此前，我对自己的所有估量，都应被重新甄别。

那个下午，这个受挫的九岁少年，木然站在学校二楼的外廊，看着不远处圣伯多禄教堂的尖顶，默默自问：我究竟还是不是一个天才？此刻，他的脸色也是菜绿的，一如他想象中嬷嬷们的脸色。

这个自问，是他此生最后一次，把自己和天才联系在一起。

南迦巴瓦峰下

暮阳照耀着喜马拉雅与另外两列山脉的交汇之处，南迦巴瓦峰就在这里被托向苍天，它抖落冰雪的衣裹，群峰金黄如雷火熊熊。这一奇幻之美，强劲支持着多种地理杂志，将这座圣山尊为中国最美山峰。地属藏南林芝的南迦巴瓦峰，仿佛终年不熄的远古火种，撩动着内陆游人对高原的敬重。

2019 年 7 月，我就是这样一名来自喜马拉雅山脉以东万里的游人。旅行社的广告，纷乱了我的想象。但是，当你第一次面对西藏，你极有可能被静静地震颤。你预设的想象，如碎絮般无力垂落。你将折服于大自然的鬼斧神工，并难以回神。一种伴随惊叹而来的晕眩，近似入藏的高反感受。

然而，南迦巴瓦峰下，还有一种风景，同样构成了我入藏后的惊讶，这就是藏区青年干部的形象。我的感受，均出自我身旁的有限范围。四名林芝青年，是我本次参加的藏东南旅行踩点活动的组织者。他们或是藏族，或是与诗人仓央嘉措同根的门巴族人。他们虽然都是小有职级的干部，但他们身上散发着一种类似志愿者的淳朴。我对藏区的了解太浅，我无法断定这些敦厚的气质魅力是否来自民族性格，但我真的被他们带入了一种亲近，一种人与人之间难得的很舒适的状态。当我开始熟悉他们，也就是临近告别的时候，他们的知性、专注和用心，像绽放的第二层花蕊，也很像你终于有机会将你的手，放到你很喜欢的某种物体上面，开始通过触摸来体味质感。他们都是学士、硕士或更高学历者，一律袒露着学生般的谦逊，这反而让你意识到，这是一些年纪轻轻的生活通达者，那种把身段放得低低的诚恳背后，是见过世面的淡定和历练之后的聪颖领悟力。

我和他们的交往，只不过是旅行计划中一餐一宿的交代，没有触动魂魄的彻夜长谈，也没有觥筹交错后瞬间的内心释放，更没有让彼此得以深刻互窥的突发事端，一切从平静中流出，又归于平凡中去。我实在不解，离开藏区后，他们的脸庞一直在我的眼前，并极为真切。偶尔，我会做一些猜想：在青藏高原，究竟是什么地理元素和民族养分，造就了伟大的松赞干布和空灵的仓央嘉措？他们博大的人格，和这个辽阔高原之间究竟有一条怎样的纽带？每每想及这些，我的思绪，总会被照片上这四位西藏青年的脸庞及名字渐渐遮掩：梅朵措姆、多杰、扎西拉姆、普布卓玛。

因为遥远，以及生命毕竟存在时限，我没有把握会再次见到他们，但我们能在神圣的南迦巴瓦峰下，有过八日的温和相处，这已经足以覆盖很多很多遗憾了。

两次暗示

涉及心脏的生理指标剧烈异动时，心衰不是已经发生，就是紧随其后。此际，最短促的自救机会，或以秒计。意志意识意念临界崩溃，速以暗示平复自己，应是智选。合理的暗示，是自救过程不可或缺的前处理。它强抑慌乱，让患者于镇静之中，做出正确选择。

危急时分，人们常会失用暗示。在室内，患者往往会顺应本能，拼死向门的方向运动，意在挣脱密闭和召唤他人。临床观察表明，休克前的错乱、缺氧和羸弱，让患者较难实现由本能推动的求生企图。这就是为什么，心脏疾病猝亡者，多被发现于走道地面。表面看，他们的生命延续，似乎只缺少一次唤醒。然而，真正的要害，是情绪混乱致使行为混乱。

就本人而言，健康状态骤然失常的那几次经历，难以忘怀，也清晰记得暗示在其中所起的作用。如题所谓两次，不过是较适用于交流、应对合理的两次而已。

多年前，重游澳洲，某周末，与几个老友的家庭一起去悉尼以东的曼利水库景区野餐。树荫下，铺妥一幅布毯，放上几样饮品和食物，情调就来了。有人开始做烧烤前的准备，几双灵巧的手，将腌渍一夜的粉红羊羔肉串上铁签，肉块的多汁口感，令人充满期待。

穿过从友邻烤炉飘来的孜然烟雾，五个中年亚裔男人向库边走去，十只赤脚踏上一个木质亲水平台，准备入水畅游，我亦在此列。澳洲很多水域既不鼓励，也不反对游泳。

风又暖又软，满裹多种花木香意，拂过蓝绿的水面，水面不动，厚重而清澈，清澈中不见游鱼；很快，我们就是其中的生物。在腾空入水的瞬间，我觉得自己似要插进一块巨型玻璃，下意识地准备迎击硬体，却撞碎了一池冰凉，指尖远未触底，气泡直去水面。

这片水域横宽五六百米，纵向千米。宏伟的曼利大坝在右侧远端，像在对五个渺小生命，作一次仪仗兵式的注目。

我正观察阳光穿透水面的晶莹，一股强大的冷流出现，冻感突兀。我想起一位原先学建筑设计的朋友，后来热衷中医研究，他告诉我，任何时节，都应去足够暖的水中游泳，以免伤及心脏。数九寒天，你用手触摸过金属平面吧，比如铁门。铁门刹那间的冰感传导，会让你的手被激冷到自动弹回。身体乍入凉水，隔着薄薄肌肉、脂肪和皮肤，心脏组织就如你的手触碰金属那样，会受骤冷的伤害。或许，你想用冬泳的例子来表达异议，但你能提供长期追踪冬泳者的健康数据吗？这种数据和非冬泳者对比，构成怎样的关系？你拿不出来吧？

这位既有工科实证思维，又有医学理论的同辈，让我无言。

曼利水库连绵的冷流群，比正常水流寒冷很多。我看见，朋友们都以自由泳行进，以此泳姿游长距离，是他们出国后受西人的影响。我以蛙泳向前，落后他们不少。又游了十分钟，仍未脱离冷流。

我的心脏部位毫无预告地出现剧痛。我的牙床不自觉地上下颤动。人体悬空深流，突发心绞痛，让我想到死亡。手脚本该做出搏命逃离的蹬划，但心脏剧痛和畏死恐怖，瞬间搅作一团，四肢失控。我已呼叫不出声音。我要求自己镇静，用一秒钟时间摆脱慌乱。事后看，这就是一次至关重要的暗示。

为了脱险，我能选择折返吗？人们习惯上以为，回撤总比继续前进更易降低风险；而这次若执意回撤，极可能踏上不归。心绞痛由骤冷引发，刚才一路相随的冷流面积大，转身而逃，等于重返冷流核心，危险至极。我已游了六百米，前方四百米外就到对岸，距离短，消耗少。继续向前，也不无可能冲出冷流。逆本能而动，很不容易，我挣扎着，用半虚脱的状态游进。水域安静，只有我独自在和生死召唤对话。幸运的是，向前刚游出不到十米，水温倏然变暖，我放缓速度，让四肢顺流自由浮动一会儿，心脏部位的痛感缓和了许多。

我是很难看地被朋友托拉上岸的。他们以为，这是长期不锻炼的结果。朋友们又返回水中，我独自在岸边，慢慢绕行到出发前的树荫下，我坐在布毯上，裹上厚衣，喝下热茶，脸色不那么惨白了。

和同行者提及本次水中历险，是次日。

人们都体会过各种疼痛，我还遭遇过奇痒的虐心摧残，难受程度绝不低于剧痛。疼痛至极，人就昏死了，而奇痒却让你始终抓狂，又不得解脱并精细感受。我指的奇痒，是一时无法解除的那种。

那年，我左脚踝骨骨折，骨科医生一通包裹，石膏绷带干透后，左脚像穿了只白色中短靴，紧紧的，只有脚趾部分是开口的。

上石膏三个月后的某天，我一人在家，妖异的奇痒出现，部位在封闭的脚跟。当我意识到，没有任何办法可以挠到痒处时，这种奇痒的折磨感猛地就放大了多倍，让全身的神经疯魔起来，有种崩溃叠加崩溃的折磨。我们这辈，儿时体验过把脚趾冻疮挠得鲜血淋漓，似用疼痛来报复瘙痒，但那和眼下比，真是小开司。现在，我无计可施，心脏狂跳、虚汗淋漓，那种被奇痒激起的躁狂，是不顾一切的，是带点暴力倾向的，只不过针对的是自己。我突然意识到，顺着这个魔性，再继续再膨胀，怕真要出事。心脏持续高速泵血，会扛不住。其次，我已几次出现歇斯底里要去撞墙解恨的冲动。眼里，有只西瓜从六七米开外砸向墙面后粉碎的画面。

必须自救，眼下的抓狂完全是人为的，我尝试自欺般连续默念：好一点了好一点了好一点了好一点了好一点了。

我要立即除去石膏，一俟解救预案出现，难忍的瘙痒，真的出现了退潮。我在上述困顿中，完成暗示，平抑了情绪。

我拿来剪刀，从石膏靴的鞋帮上沿下手，剪不动。几次未果后，第二波奇痒又袭来，我大口喘息，几乎晕厥。如果有人以为，可以拿一根铅丝，从脚趾或上延伸到痒处去挠，那真是不可能的。

现在有三样东西构成一个场景：一把剪刀，根本剪不动的石膏靴，以及像通了电似的不依不饶的一浪一浪奇痒。

我虚脱了，浑身发抖，手上失去力量。我仍然没有想求援或上医院的意思。总觉得，连痒都摆不平，我还怎么信任自己？尽管这种固执不可取，但这的确激励了自己，算是又一次心理暗示。陡然，想到了铁皮，想到了用一个支点开罐头的原理，想到了从脚趾豁口反向开剪，这才是最佳的切割线路。

我把一把薄薄的钢片尺，插进脚背上方，充做剪刀头的支点垫板。剪刀头从豁口咬合住脚背上的石膏，双手反握剪刀，用开罐头的方法，将锋刃一抬一抬。在这种借助支点的切割下，石膏绷带显得很脆，慢慢就从脚背割开了一长道口子，上沿还未完全割开，我迫不及待地让脚先脱出石膏靴，一阵猛挠，这是人生无以替代的、既低级又超级的爽快。从这只剪开的石膏靴中，将三个月中皮肤分泌的碎屑倒出，堆满了一个小盆。

瘫软在沙发上，我很清楚，避过一劫。

我有点像在自夸机灵或自诩命大，我并不介意这种误会。这几年，多位老友猝死于心脏疾病，我多次仰天而问，这些还年富力强的男人，当时究竟有没有不死的机会？

王老师的笑

我认识翻译家王智量教授，近五十年。从 1974 年起，我常能见到王智量老师的笑。他的笑，脸部肌肉很用力，嘴角上扬彻底。首肯、嘉许、默契、意会和友善，他一律以这种偏热烈的笑来表达。

最后一次看到他的笑容，是新年 1 月 2 日，在讣告配发的照片里，他依然明亮地笑着。

1974 年至 1978 年，我在读上海市向明中学，王智量老师正好在那里漂泊般任教。他以满头白发，第一次出现在讲台上时，本班同学未必意识到幸运的来临，他教了我整整一学期的语文课。鲁迅先生的《从百草园到三味书屋》，就是老师教的。

他一开口，气场之大，不是大多数中学语文老师所能攀比，我们很快就被他的授课方式吸引。他抛开当时中学语文教师依傍的教学辅导材料，极少谈论课文的中心思想和段落大意。他只把课文中语言的别致、细节的别致和作者观察事物的别致，抽丝剥茧地解析给学生。他会告诉我们，同样题材和语句，平庸的处理，一般会是怎样的；而超越平庸，又可能是怎样的。他教语文，很像一只雄心万丈的老狮子，带着一群幼狮穿越千沟万壑，试图到达更开阔的地界；而不是以躲藏、警惕、避错和机巧，只为偏安和过关。作文课上，他会问，谁能说出十种雨声吗？我们被当年八股式的教学方式弄得半僵的语文感觉，渐渐被他激活。这个时候，我们意识到幸运了。

老师上课，只是在课本上划几道杠，圈几个圈，然后调动他的才情和积累滔滔讲来。他还喜欢用情景模拟的方式，将那些生动的环节表演出来。不愿落套的脾性，在他的每句话里均有闪现。

用功的同学，开始察觉到这位先生的来历神秘，他早生的白发里似藏有涩涩怨幽。以我们十四五岁的阅历，无力去窥破一位1928年出生者的面具。现在核对一下，老师当年也就四十六七岁。他从北大、从文学研究所的层面，经历了抛高与跌落。解读当年的他，我有些惊讶，他当时坚持以很高的规格和境界引导学生，而他自己，尚未在命运的伤害中康复。1974年，他应该也不能预见转机。心底悲凉，甚至绝望，但面对学生从不懈怠和沮丧。笑脸之下，分裂之中，难怪他的头发早早白了。

老师从不带包，他总是把几本书塞进一只塑料袋，夹在自行车的后座上。他似乎用这样的随性，在表达些什么。起码，流露了他不那么亢奋的处世情绪。这也和他的笑，在走向上悖反明显。

当时，他和我都住在复兴中路上，易在路上碰到。他是骑车的，骑得飞快，但他见了我们，一定跳下来，推着车和你这个中学生一起走一段，聊一段。我觉得他隆重了，但他每回如此。一般是他先到家，他便站定，用他的笑，和你这个晚辈很充分地道别。

那个年头有一个词，叫课堂纪律。因为大部分学生很难专心听讲，他们找老师麻烦是家常便饭。有一次，一个同学，把一些纸屑悄悄放在老师的肩上。老师用非常激烈的词语怒骂了整整十分钟。这种怒骂很奇特，不像是针对肇事者，也不像仅仅局限本次事件，它像是一次被引爆。我发现，笑容可掬原是他的衣衫，桀骜并凛然不可犯，才是他深藏的内核。

戏剧性出现了。1978 年我入读华东师大中文系的时候，王智量老师经校长刘佛年先生特批引入中文系，专职讲授俄罗斯文学。

王智量老师思想清澈，敏感而炽热。他的艺术家气韵，在教授中并不多见。他主讲的俄罗斯文学课，很快在学校走红。在普希金叙事长诗《叶甫盖尼·奥涅金》赏析课上，他以汪洋恣肆的才情，将原作的人性肌理解析得鞭辟入里，精彩纷呈。一堂例行授课，成了一次崇敬文学的辉煌聚会，师生无不陶醉其中。

中文系 80 级女生吴新成告诉我：寒冬，老师在文史楼的 215 大教室讲奥涅金。他热血偾张，汗流满面，燠热难当之下，他把滑雪衫脱下，周边无处可放，他就将滑雪衫扔到脚下，地上腾起一蓬粉笔灰，台下响起一片惊叹。先生的情绪和语气，没有一丝断离，始终在奥涅金的状态之中。

有人说，王智量老师是另一个奥涅金。在我看来，老师是一个以天赋攀上殿堂级高位，又被呼啸而起的风暴一把摁在地上的才俊。强大的人格力量，使他一有机遇就能再度挺立而起。他有奥涅金般的骄傲，但奥涅金不具备老师的很多品质。

王智量老师的笑，非常迷人。然而，在他未过半百之前，每当他大笑的时候，他的眼神其实是寒冷的，从未和他嘴角同步释出人生的欢愉。我见证了老师这段非常时期的笑，本质上是一个精神漂泊者的笑。他眼中的冷冽，是因为无所归依，是因为心花幽闭。年过半百之前，老师脸上，并没有真正完成一次五官同调的笑。很多年后，命运确实再次眷顾了他，他再次有机会亲近俄罗斯文学，再次有机会朗读普希金和屠格涅夫，他的笑，发生了自觉修正。

中文系83级的曹宇，曾告诉我一个细节：一个夏日，王智量老师为学生朗诵长诗《叶甫盖尼·奥涅金》。当年文史楼两百多座席的大教室没有降温设备，老师只得脱了被汗水濡湿的衬衫，穿一件通常不公开的旧白色汗背心，站在学生的焦点之中。正值尽兴，他突然发现一侧背心的带子从肩头滑至臂弯。老师并不慌张捞起，而是仰面久久大笑，说，对不起啊，露点了。他的话，让整个文史楼传出哄然大笑。我没有在场，但我深信，这一刻，在老师的笑眼里，和幽默并存、和浪漫并存、和俏皮并存的，是一个诗化老人放浪形骸的真正欢情。这一刻，他的嘴角眼角眉角，在同一调性上合美如花，是一定的。

我曾几次去师大一村看望老师，什么话题都谈，包括老师的爱情。他和太太养着一只猫，当我想了解猫的自洁本性时，他把我领到他家猫窝边，老师和我都蹲下来细细观察。他一五一十地给我讲解猫的习惯，以及猫是如何耐心掩藏秽物的。他说，峭峰，如果你连猫都能懂，那还有什么人会是你不懂的呢？他突然觉得自己的这句话蛮好玩的，得意地笑起来。从他的眼里，我已经看不见早年的寒意。

每次去老师家，饭点，他总是从家里抽出一瓶不错的白酒，带着我去一村食堂找个静角落座，点几只家常菜。他身上有西北生活习性，举杯喝尽，开瓶喝完，无需讨论。他确实有很男人的一面，一般人较难见到。及他耄耋之年，脸部渐渐出现一些老妪般的靡柔，他往日的刚毅线条已被一点点削替。他一旦笑了，那老迈圆润的五官里，漾动着慈善、冲淡，以及无力实现的若干念想。这个通透的男人确实老了，但是，在他的笑眼里，可以看到他心头曾幽闭的花朵，再度暖暖绽放。

这个了不起的多难的至情至性的先生走了，笑着走了。在这个世界上，他存在了九十四年。他各个时期的笑颜，在我心中一帧帧浮现。不觉之中，尾随他已近半个世纪。

我泪如雨下。

绰　号

　　四十多年前，我的中学时代，绰号泛滥。绰号多少具有攻讦性，又无不标记着各时期的取乐特点，以及其他一些耐人寻味的社会含义。群体化的热衷，常会走偏、走过头；所以，给予一定的宽待，是明智的；也利于在其中有所发现。

　　以我为例，平常偶尔恶作剧一下，是有的。某老友是退伍老兵，学位至博士。我给他造过一个别名：教练。老友为自己曾是第某某军的士兵而深感骄傲。一次去江南旅行，沿途，他一直在为我们普及枪械常识。从日军的三八大盖，到横排竖排两种双筒猎枪，如数家珍。他也说了长短枪射击要领，尤其是外行一般忽略的那几个要领。正说着，一个气枪摊就适时地出现了。

　　所有朋友，都射完了十发子弹。只见老兵一人端着长枪，全身绷紧，始终保持教科书般的瞄准姿态。灰色衬衫的后背，被汗水濡湿大半，但他仍未发一弹。塑料气枪也是枪，老兵身负第某某军的盛名，对自己的射击技术有些严苛了，再加上他刚教练般地谈了射击门道，此刻，他很清楚，靶纸上的弹孔，将证明一切。他后来说，他的食指，像是代表整个第某某军在扣动扳机，众目睽睽之下，他不敢果断击发了。尽管靶上没有留下一个弹孔，我们依然承认老兵的射击指导资格。在老兵无地自容的同时，教练的称号，光荣、善意而谐谑地诞生了。

反观很多年前，我学生时代的绰号，就粗暴多了。一大特征，是滥用谐音，并极尽贬低。凡名字里有波、桃和冬等等字样，就可能被叫做烂菠萝、烂桃子和烂冬瓜。姓黄的，被冠以黄鱼头。有家长充满美好期盼，给初生男孩的名字里，喜滋滋地加个"昌"字。岂料，这男孩长大后，却在学校被"苍蝇苍蝇"地唤来唤去，吉兆尽失。更极端一点，将姓马的同学编为马桶甲、马桶乙。那时凡不幸配有绰号者，一律体面荡然。

我读中学，是上世纪七十年代。社会面，多斗争而少祝福，人际关系不算和睦。种种供需常失衡，样样资源易紧缺。最大的事，莫过于毕业时的工作单位分配。从一进中学就紧张此事，紧张到揪心，无形中让我们滋生了一个不良意识：只有别人不好了，自己才能更好。这种情绪，或也进入了绰号。对过去的一些绰号，略略排查后发现，那时取外号，非要给对应物，一一作垃圾化和低档化处理不可。瓜果都必须是烂的，黄鱼只取头部。总是担心好东西、好机会被别人占去了。老把他人往很不屑、很不幸的类别里塞。随意就踩低别人，似乎这样就可以让自己凭空添了安全感、伟岸感，还穷开心了一把。通常，被人喷涂了这样的绰号，还击的一方，也不会是吃素的，会上升到命运的高度去对待，双方的手段都凶狠有力。人际交往中，充满神经质级别的敏感、警惕和一报还一报的绝不放过。

如果，一个朱姓学生的绰号叫猪头三，他一早醒来，想到踏进校园，要被同学这样叫来叫去，内心应该是崩溃的。他别无选择的平衡方式，就是也奋力去叫别人枪毙鬼、小老婆、鼻涕虫、那摩温、汩脚钵斗，弄得人人不是魑魅魍魉，就是苦活在社会边缘。

同学叫张国明，就被叫做国民党。真要叫他"反革命"，怕万一弄出点政治事故来，倒也麻烦。

还有一类，一出口，是要打架的；就是取他人外形特征或缺陷，作为绰号的核心素材。好一点，叫人家四眼、大头、小头、阿胖、高鼻头、长脚鹭鸶。我读小学那时，称呼某个同学笑面虎、气喘病、碰哭精、雌婆雄、痨病鬼，一律没意识到那是在严重伤害人家。非要到叫人独眼龙、四眼狗、招风耳朵、断肢再植，才觉得是在丑化同辈。从绰号里可以发现，那时的语言姿态普遍野蛮。很多人糟蹋了他人形象，就得意洋洋，以命中他人的软肋和痛处为快事。整个社会，对维护他人尊严，处于较麻痹的状态。

此外，有些绰号，又叫人喜怒两难。很多年前，某路公交车终点站，有位资深调度员，爱好歌唱。情绪好的时候，他会一个人在工作间唱一曲《乌苏里船歌》。开头的两句，啊朗赫呢哪，啊朗赫赫呢哪；旋律悠长穿透，简易工作间的板壁，被他唱得颤颤的。年轻的工友，多次听见他在自嗨，就尝试在地下称这位师傅为"啊朗赫呢哪"。使用了一段时间，都忘记那原是个绰号，好像那位调度员真有个俄文或意大利文名字似的。时而会有这样的问答，今天晚上谁当班？答："啊朗赫呢哪。"

时间的力量，最是强大。现在，久未谋面的故人重逢，首先会提起彼此当年的绰号。有位花甲女士老早的绰号，大家觉得就在嘴边，又一时想不起来。那位花甲女士竟大大方方地做了一个抽烟的姿势，大家豁然开朗，啊呀呀，对了对了，阿姐，你叫"香烟屁股"！止不住的一片疯笑。没有绰号的，倒像当年受了冷遇似的。

取绰号，似不应提倡。社会、坊间有些行为，确实让人哭笑不得，这就催生出了一种较智慧的应对态度，叫作：既不反对，也不鼓励。我觉得，在赞成和反对之间，允许有一个空间存在，是有道理的。

外　衣

　　我在悉尼七年，回来时带回一个通讯录，其他特别要紧的东西，寥寥。通讯录早已弃用，上面，有些人的名字还在，人已不在了。还有一些人，在彼此的感觉中，已是越来越珍视的朋友。彼此会不会再度失去，那就看生命的枯荣了。暮年后，也有个别老友的脾性，意外地乖戾到不可思议。一点点针眼大的事，就会引来突兀的爆发，让旁人晕眩并心凉。倒也没关系，大家都会以一种形式，走完未走完的路，管他什么态度呢？有时候，你其实并不太幸运，命运却老三老四地跑来，让你去眷顾那个比你过得更好的人。别不爽，谁让你自己不哭出来的？

　　前不久，掉了一颗门牙，和童年不同，那是不会重新长出来了。在我失去一颗门牙的时候，我看见两个老朋友的照片。和从前比，他们居然这么猛烈地抖动起了艳丽。他们开始喜欢披着夺人眼球的外衣。在世人面前很是拉风的时候，他们的神情又像在菜场，像在挑选辽参、鱿鱼或竹蛏，一派享受好日子的欣欣然。他们给了我一次惊艳，也给了我一些偶傥。

　　我小时候常有机会在剧场，总是看见没有演出安排的著名或不著名的演员，他们热衷开场前或幕间，走动于剧场的前部，接受世人的瞩目。这些轮廓华美的骄子，应该知道人们在看并议论他们，但他们的神情又像在说，他们并不知道。剧场内，这种内心活动，是对仰慕或关注进行愉快而缓慢的收割，是表演艺术工作者特有的带稚气的偏好。而同等情状，也在社会的各个角落发生，则是人类很可爱的一个小心思。

记得一张七十年代的脸，那是在上海奉贤县文化系统五七干校的大食堂，京剧艺术大家童芷苓女士的那张静如干涸河床的脸。它给我的少年时代，留下了深刻印象，是开掘我人生尖锐度的一项记录。那是一张拒绝信披的脸，但事实上，那又何尝不是在进行分明的心迹流露。即便个人在那样被诬化的状态，她仍在乎是否被注目，她的神情是紧绷的。她甚至有意拒绝给人清朗的感受，因为她内心没有。

我十岁，我从几百号端着搪瓷碗的男女里面，搜到了她的特别，但确实没有能力看懂更多。当年及现在，我都十分尊敬在艺术上不断超越的努力者，即便他们在生活里，有一些不真实的妥协。在那些年头，童芷苓女士是个例外，她不愉快，就很直接地把那种情绪，摆在脸上了，她的不妥协，其实不那么简单。

很庆幸，和童芷苓女士当年的郁郁木木相比，我的朋友们今天的内心，应是灿然的。他们在更开阔的精神疆域，信马由缰。他们的那些外衣，那么艳丽，那么美好。

记得，那年我看到的童芷苓女士，是一身飘飘的炭黑色。她的表情沉重，像大缸里一块镇住咸菜的石头。以我十岁的直觉，穿过她脸上的晦涩，能依稀触摸到一个女人的刚硬。

十岁的夏日

上海没有戈壁滩，但荒芜的盐碱地还是有的。上世纪七十年代初，上海文化系统五七干校的选址，圈定奉贤海边的一块盐碱荒地。十岁那年，我的暑期，就在那里度过。

一个人去看海，一个城中的十岁小子，一个已有十年生存经验的人，孑行在一大片空寂的滩涂，对人群的依存感，突然被唤醒。

曾被海水浸漫的滩涂，龟裂的纹理如纺织品，向海的方向铺延，我好像行进在科幻级别的一头巨蟒之背。第一脚落到泥里，溏软，有粘力，担心整个身体会永远拔不出来。阳光灼热，背后的知了，像亲眷一样在叫唤，但音量递减，直至若有似无。静，越来越静，不能再静。当自己从泥里提脚的动静，成为光天化日下的全部声响，从龟裂纹里生出的诡秘，开始令我心悸。还要向前吗？走了近一个小时，没有胆量走完纵深极长的滩涂，未及看到海面，就放弃了。

我突然转身向后奔跑，并没有滔天的海浪在追我，这是紧张承压之后，一旦决定放弃时的恐惧及崩溃。

差不多就是在这样的环境，离滩涂不远的地方，无畏的干校尖刀连战士，建起一排排早期的砖竹结构宿舍，没有围墙，配了一个水塔，为本区域的制高点。干校的大体状况是，仿屯垦，无边戍，没有课堂，不设校长。

一些大问题就这么搞定了，课堂还是有的，就是田间地头。对农人来说，平常的农活，成了可以让知识分子人性更臻完善的疗程。如果谁拼命挑猪粪的话，据说对心灵的净化，将产生奇效。

尽管身在干校，作为孩童的我，是不会去关心这些的。我在乎的是，大排是红烧还是油炸的，有无阔背蟋蟀，河面的漩涡是否影响游泳。另一项重要关切是，奉贤塘外的太阳，能不能把肤色晒得极黑？因为暑假结束，从各处回到市区的邻里男孩，会评比谁的皮肤更黑。最黑者，将赢得荣耀。当时的我们，如此不顾一切地追求皮肤黝黑，应和崇尚军事美有关。对于男性而言，真正对成年后的刚毅给予支撑的，主要是年少时为荣誉而不屈的那些磨砺，而我们这些一般人的早早放弃和轻易溃退，最终使我们只能成为垫高英雄的基石。尽管性格上的软弱和松懈，在少时已经充分流露，但我们对自己的未来依然高看。因为，天真，一直在欺骗并告诉你，你想成为谁，就会是谁。

伙伴中，诞生了当之无愧的首黑一名，其父是海军基地的一名师长。首黑有幸一直在海边和甲板上暴晒。所以，他从吴淞基地回市区途中，就料定自己将拔得头筹。我装出整个暑期都忽略了晒黑的事，想以此对冲赢家的得意。如是今天，我或会自欺欺人地宽慰自己：跟一爿在海上晒过的鳗鲞，多比有什么好比的？但那时，我们真的羡慕至极。首黑在向我们普及驱逐舰和巡洋舰的常识，我们却还在肤色的输赢里不能自拔。我提出一个比赛新概念，我说，应该比比谁的屁股更黑，那块才是天然的肤色。首黑比我大三岁，后来的74届，很能控制局面，也不排除他的屁股果真嫩白。他说，从明年开始。

我到干校的第一天，午饭后去看海未遂。下午在河里表演了自由泳，很多抱着塑料鸭子或花花绿绿充气救生圈的小女孩，在岸边喝彩。我的冲刺游进能力，一下子就从25米，提高到了40米。晚上在食堂看了电影《南征北战》。看电影的全程，始终有人在外面用力敲门。他们是附近农场的年轻人。干校的人始终没让他们进来，怕放进来一次，以后成惯例。担任纠察的，是戏校学武生的毕业生，身穿黑府绸灯笼裤，脚尖轻松可以踢到自己前额的那种。

很凑巧，母亲和绝大多数五七战士，当天要去别的郊区观摩高炮射击，并在炮兵部队做一些慰问演出，当晚不回来。她走前，安排我在有空床的一个男宿舍住下。这个屋里，共有四位年纪偏大的长者，他们对我的出现，有礼节性地淡淡呼应。到干校后，一般遭遇母亲的同事，都会过来和你这个孩子热络一下，最起码也要假装欺负你，来逗你一下，滑稽演员王辉荃就是。他逗我时，我被他的大嗓门惊到，也实在分不清他言语中的真真假假。无论你怎么表现，他都在那里一边深深叹气，一边说，你问题很大、问题真的很大，仿佛你是他不争气的短命儿子似的。什么叫问题很大呢？十岁的我，被他的搞怪，弄得很是紧张。王辉荃的下巴巨大，脸像一部动力十足的铲车，这可能是当年人艺学馆滑稽班，吸纳他的重要原因之一。及我长大，看舞台上的他，走的是那种较吵闹的戏路，总觉得不如王无能、周柏春、笑嘻嘻那种死样怪气来得高级。这个评价，和我当年被他捉弄过，或不无关系；于下意识中，完成了对他的报复。

这四位老先生，都手持一张隔夜报纸，准备要读上个半年似的。我觉得，像是有人用针筒，把他们的情绪全抽走了，他们的木然，不是笃定泰山的意思，而是对百事都兴趣缺缺。

大概十年以后，母亲才想起告诉我，当年我在干校住过一夜的那间男宿舍，是滑稽界几位大师的房间。那时他们都处在靠边状态，其中应该有姚慕双、周柏春、杨华生、笑嘻嘻等老先生。母亲旧事再提时，大师们都已重返舞台，又光彩夺目了。我十岁时，并不知道这些滑稽名家。十年之后再去回忆，居然没有记住他们任何个人化的特点。在历史问题甄别未果的状态下，木然，是他们的一致特征。当时的他们，真像热气腾腾笼屉里的包子，但你顺手拿过来一咬，里面的肉馅是冰凉的，凉得让人心惊。

那夜，是我平生第一次在蚊帐中睡觉，显然没有掖好边边角角，整夜都在拍打蚊子，满手是花脚蚊子的血。梦里，《南征北战》中绝望的国军李军长在乞求友军，拉兄弟一把吧。梦外，奇痒难忍中，我的拍击声，也同样没能唤来援兵。

其实，这些都是小开司，那些内心极度不堪，脸上却丝毫不露痕迹的滑稽泰斗，才应是看点。可惜，一个孩子，在万念俱灰的搞笑大师边上，几乎什么都没有发现。这个幼稚的少年，白天在滩涂上，还第一次察觉了自己对人群的需要；夜里在被多个梯次的蚊子欢咬中，他是不可能领悟到，当你巴望获得援助时，别人可能也正期待着被拯救而忽略了你。那不是冷漠，人多半本能地首先沉浸于自己的危机，大师也未必例外。

第二天一早，脸上的枕席编织印还没褪去，我问了老先生们一个问题。我说，昨天食堂放电影时，农场的人大声砸门，这里的人不放他们进来。谁对谁错？从四位老者中，涌现出了老者甲，他说：想到别人家里来，敲门声轻一点点，好像或许更好一点点。

那他们进来的可能，不是一点点也没了吗？我说。四位老先生人手一份隔夜报纸，就走开了。

整整八年后，也就是1978年，我上了大学。班里有位从奉贤星火农场来的老三届同学老宋，三十岁。我是应届中学毕业生，十八岁。那天是老宋完婚不久，一早来了学校。我想起八年前那个晚上看《南征北战》，干校食堂大门，被拆天拆地般持续敲着，就问老宋，当年为了看电影，是否也去敲过文化五七干校的门？

老宋递给我一支红壳的短支牡丹，说，我站在门外，兄弟们在敲，我总觉得，那门突然就会开。是开了，每一次在电影散场的时候。

关于借钱

一般来说，那个步步紧逼你的人，就是你自己。

当你难以顾及体面，将窘境告诉了有可能帮助你的人，尽管你已作好被婉拒的准备，但还是乐观了。往往，一旦向私人提出借款，会有个短暂静场，接着，尖锐气氛便陡然而至。平日用来遮遮掩掩的东西会纷纷脱落，只留下含义奥妙的对望。就像煮水铜壶那个把手，除去包裹着的层层布条，已不是平时那样了；再握，烫手到尖叫。

拒绝你的人，陆续排列成行。一般来说，真正会帮助你的那个人，假如存在，也将同样会以出乎预料的方式出现。

想象中，应该不是这样的，但这就是常态。道理简单，当你向银行或贷款机构请贷不便，只得向个人借钱时，你多半没有足够关切到，别人对财产安全的重视，远非你料想的那么轻巧。你很惊诧，人们竟然如此不怕失去你，而只是怕失去钱。你发现，你已是一个有问题的载体了，接近你，就像接近一柄悬空的达摩克利斯之剑，令人不自在。至于你的高尚性和体面，只一个回合，就被忽略了。

有人猜测，你的请求，似有1%的不良嫌疑，为保全他的智商和财产，他宁可对你99%急需搀扶的事实不予关切，就回绝了。有人觉得，你眼下状态低劣，玷污了他社交层次的清誉，你已失去了互利价值，在通讯录里删除你，不会有利益上的负面涟漪，就回绝了。有人担心，你缺乏偿还能力，索债比借债还要头痛，凭什么你的麻烦，要转变成他人的惴惴不安，就回绝了。有人自知，眼下并没有能力出手相助，但也不愿让你知道得那么清楚，就回绝了。有人认为，你有点交浅言深，这等两难的情状本不该出现。也有人认为，你不够努力，怎么可以轻易分享他人以血汗换来的收成？这么想问题的人，过去或也求助过他人，但时过境迁。有人暗忖，若以真实的 A 原因拒绝你，妨碍他进一步看高自己，就找一个 B 理由回绝你，也哄骗了自己。当然，出于各种考虑，连回应你一下，都省略了，亦不在少数。

既然是一种请求，所有的回绝，都该被理性接受。如果你以往并不仇富，盼你依旧。事实是，他人的钱财和你们之间的情谊相比，在天平一侧，你像飘起的一只气球，鲜丽得窘迫。你一筹莫展，你陷入懊恼、耻辱和慌乱。这便是对一个失误、失利、失败者的惩罚，蒙羞与无路可走并罚。

在我们周围，为什么不少人不太愿去体谅，甚至帮助有钱款需要的人，包括当初有过向人借钱经历的人，后来也不见得愿意将心比心地看待现时的借钱人。

人们总以为借钱人，要么是破格消费，要么在哪儿有了过失，再加上不太慎重地开口为难他人，他们是活该受到冷遇，活该被罚出场外的。借钱人在哪里出了问题，是一定的，但他们未必不是良人。很多人想到的是，你为什么要自愿落到这种地步呢？不应该让你在团团打转中，外加收到个严厉教训吗？

因缺钱而临危，退无可退时的接续步，越走越难看的案例，天下比比皆是，可谓底线难舞。不少缺钱者，被紧迫的态势追逼，心一横，就朝赖和骗的方向绝尘而去了。难怪人们反感借钱，后续种种不愉快的概率实在太大，简单避过，几乎成定式。

上海方言里有个老到的说法，它应是从市井百态中提炼而成的箴言。叫作：碰到事体，脚花勿要乱。大多数人都会经历命中难防的危难，人处逆境，能否守住步调不失稳，高下在此分野。有人从此下坠，有人多了一次深刻检视自己的珍贵机会，借此起飞，也未可知。

有人说在西方，大家很少互相借钱，那主要是指中产以上。再说，发达国家用社会方式，解决了合理透支和借贷需求，比如求学、求医等款项的短缺。这些在发展中国家普遍实现，还需要或长或短的时日。

我有位老友在悉尼做过多年蓝领，他有个同事杰克逊，是流水线工人，也是厂工会主席，土生土长，单身，三十岁，英格兰裔。杰克逊主席几乎每周一，都会向我朋友借二十元澳币，每周四下午发了工资就还。我觉得这样的借法，也没太大不好。杰克逊主席的信誉，让他多了利用资源的机会。双方愿意，也没什么丢不丢脸。朋友还说，他厂里有个股东，是早年从匈牙利来悉尼的犹太人。犹太股东曾告诉我朋友，他有三个女儿，小女儿买房向自己开口借钱，股东资助了她。他对小女儿说，现在给你的这部分，将在我遗产分配中明文扣除。他对公平的把握，明明白白；同时又让孩子的居住条件，提前获得改善。犹太股东处理亲人间借钱的手段，极为明智。

我总觉得，东西方的处世观，虽各有其是，但借钱不独属于东方。我甚至觉得有钱人把钱借给有急需的人，并非什么不好的事。囤积的财富资源，变得活泛并流向急需，有些琐碎的民生小难题，也多了解决渠道。只是人和人之间的信誉、契约精神会经受更多考验。

一方面，有借贷发生，就会有偿还上做得不够靠谱的行为，引致多年交情，甚至亲友间不快乃至决裂。另一方面，对需要借钱的人，体谅和尊重不够。真没必要把借钱看得那么吓人和不够体面。真正应该重视的，应是对契约、公平、信誉和互助精神的恪守。财务上的融通，不是什么落伍的标志。向私人借钱，所谓在西方社会不盛行，是和西方社会服务体系相对完整和成熟有关，不完全和人的精神底蕴有涉。近年来，随着我国社会的贫富差距加大，物质享用的选择丰富，金融活动的盈亏增多，无法预料的种种急需也频繁不期而至，避开向借偿刚性的机构借钱，而从私人那里获得借贷的需求，明显上升。

一个不难发现的现象是，人们对用款需求者的体恤不够，而习惯于仅仅紧盯或责难他们的失利或无能。英雄辈出的时代，会有一个很大的挫败者基群，由他们托起寥若晨星的俊杰。对从事商业活动等暂时不顺者的关切，以及对他们二次冲锋的鼓励，应该算作一种人间温暖。伸一只手给失利者，有什么不可以？

有机智者，或许会说，做那种把钱借给人的善人，就从你本人先开始吧。坦白说，借入和贷出这两种角色，我都做过，没什么大不了。

恭祝一切境遇不顺者，向好。

精彩，史依弘的艺术拿捏

去看史依弘的《锁麟囊》《凤还巢》之前，自然有所期待。那些经各门各派大师反复锤炼的经典剧目，首演至今，已近百年。尽管世况动荡，但几代名伶在戏中雍容而过，辉煌到让人泪落。

旧戏新演，除了对它的袅袅老韵有把握以外，更多新的艺术突破会在哪里，很难预见。连着两晚，看了两出民国老戏，余兴高企，再多看几日，亦会欣然前往。回味那两日的观摩，史依弘横跨程梅两派，一人把两大戏曲宗师的神采，灿烂呈现了。

第一日，被《锁麟囊》的苦情托着，程派的气韵，清脆逼人。在这出戏里，史依弘大量的程派唱腔，明亮流畅，如铜铃双击，把你穿透了，而余音仍在远处未熄。现场观众的心门，长时间被优美绝伦的音形撩动，实在过瘾。

第二日的《凤还巢》，史依弘的梅派表演，仿若古琴婉转，每一个声腔的温雅弹拨，都灵动妙曼。梅派唱腔的考究，层层叠叠，如剥茧抽丝。史依弘的传达不疾不徐，音韵的滋滋味味堪比天籁，真的宜品读再三，观众恨不能将悦耳之声拢回家去。

门派的风格,用以尽情鉴赏,远比去做高下判定,更令人幸福。而受众的各好,自然都会在那里得到满足。此外,即便明明不很懂戏如我,也隐蔽在观众席内,节律感十足地摇头晃脑,想必也不会被谁暗笑。艺术和观众,不管你如何靠近,有所陶醉就好、就难得。

其实,艺术家在戏的谋划上,苦心独运,真正是殚精竭虑。那夜终场,我们和史依弘一起,回味当晚《锁麟囊》的演出。

《锁麟囊》的部分情节是这样的,登州豪门之女薛湘灵,与贫家女赵守贞同日出嫁,一贵一简两顶花桥同处避雨。听得贫家女感怀凄凉饮泣轿中,薛湘灵遣人将满是珠宝的锁麟囊匿名相赠,此后各自而去。六年后,登州大水,避难中,已为人母的薛湘灵与家人失散。湘灵流落莱州,无奈之下,在一户卢姓员外家做女佣聊换温饱。薛湘灵在陪护小主人玩耍时,突然撞见,六年前自己赠出的那只一举改变了贫家女命运的锁麟囊。

当年,程砚秋先生首演《锁麟囊》时,大师应该想不到,八十一年后,一位后辈大胆修动了一点点他的原创。当薛湘灵再次见到自己六年前送给贫女的锁麟囊时,一切早已物是人非。舞台上,器乐骤然熄声,史依弘扮演的薛湘灵,以微微发力的京剧造型,面朝旧物,独自立于最接近观众的左角台口,用一个惊愕而悲怆的背影面对台下,静止整整五秒。全场观众屏住呼吸,从动人心魄的无声里,把焦点移向台中垂挂的那只鲜红的锁麟囊。此处,剧场之静,叹为观止。

我在这里眼眶湿润,不是因为,薛妈的命运将由此转折,也不是悲剧被撕破后，即将出现明媚。这台戏的情节情绪铺垫至此，艺术家在这里用这样的五秒空转，逼出了巨大的艺术气场，容不得你不被震撼。经史依弘反复斟酌后，大胆用了这个以静制动的精彩设计，为老戏的精湛，添了一把新柴，更深刻地感动了今日的受众。据说，程先生是从不允许动他的戏的。但今夜，我似已看见他在颔首微笑了。

而史依弘又谦逊地说，或许，我们还可以更完美。当静场五秒之后，现在戏里，薛妈上前解下锁麟囊，泪如雨下。薛妈的身体节奏和观众希望薛妈认领锁麟囊的心理节奏，几乎是一致的。我们还可以把戏和观众的情绪，再错开那么一拍。面对咫尺间的锁麟囊，我还可以让薛妈的内心再崩溃一下。她的手已经伸向锁麟囊，又震惊到不敢去触碰那只命运的替物。当我取下这只袋囊的时候，我眼睛里看到的，不是一只旧物，我看到的应是宿命。这样，还能翻出一层更为强烈的命运感，给舞台更多的冲击。

和史依弘台下的交流，让我又多了一个真切感受，艺术作品，是用心血抠出来的，像史依弘这样不断超越自己的艺术家，不会放过每一个可能出彩的地方，反复推敲，精心拿捏，让每个点都在贡献精彩。人们尊重艺术家，或许就因为，他们始终在这样披肝沥胆地精心劳动。

而在艺术之外，作家、艺术家们会比常人表现得轻松散淡。很多年前，我看见凡是有人要求作家王安忆在书上题字签名，她就很从容地永远是写那八个字：源于生活，高于生活。我看到的次数多了，觉得那里头有冷面幽默。而我们平时有什么艺术问题，请教史依弘时，她也总是说：不要太用力就好。

明明是呕心沥血之人，又时时显得淡然，这是他们在艺术以外的一种拿捏吧，或许。

六个设计

就设计而言，哲学意识对各种关系和尺度的把握，具有决定意义。灵气，则是作品能否不同凡响的又一要素。假如设计者缺乏对人性的通达和关切，那么，一开始就很不妙了。

有种陋习，是设计者将个人见识，强加于使用者。以为一己的阅历、趣味和经验，可以不经斟酌，就能轻松覆盖受众的期待。

多年前，我旁听过一个小型别墅区项目的方案评审会。这幅位于浙江金华的地块，拟建八栋单体别墅，用户主要是当地殷实的工商业主。第一个演讲的，是两名三十多岁的建筑设计师，他们上来就强调，本案将变革传统厨房理念，让夫人们能够在赏心悦目及高智能的环境下操持家务。与会业主代表立即举手问了设计师一个问题：院内外的独家停车位，会有几个？回答：四个。业主客气地转问主持人，可否请下面等候的设计者进来交流了？两位设计师的演讲不到五分钟，即被中止。他们对使用者的生活方式极不关切，主体设计思想过于想当然了。会后，主持人告诉我，这些业主发迹于乡村草根，但夫人们早已不再打理一日三餐，不少主妇在自家企业中分摊重任，家务通常依赖保姆。此外，浙江家族有个习惯，整个家族成员会汇集在最成功的那位家族成员麾下，业余消遣也围着企业领袖，结队成群，乐此不疲。所以，近十辆车同时进出是常事，多车位是最基本的需求。

另一个小例子，在街区的绿化带，常可以看到很不错的草地或冬青，正好隔断了最近的步行直线，结果被抄捷径者践踏得不成样子。一方面，确有践踏者不够收敛的因素，但在设计上也应反省。这里本来就存在设一个甬道的需求，为何视而不见？顺应人性，顺应需求，通常是更合理的设计选择。不少犯规，本可以从设计上规避，这里确实还有一个预见性的问题。

再看一个正面的小例子，早期的日本无胆小茶壶，冲泡后，茶叶容易直接顺壶嘴落到杯里，也容易在壶内堵住嘴管，致出水不畅。日本工匠的解决方案，是在出水管内侧配装一个凸起的镂空半球，以阻止茶叶轻易堵塞茶壶。此举是经过反复比选后的最佳手段，效果明显，设计及制作上是多费了点周章，但对使用者的体贴，一望便知。同时代很多地方的无胆小茶壶，出水内侧做成直通，或封住后钻有孔洞，功能基本满足，一般使用无碍，但对出水不畅未予顾及。有无这个镂空半球，可以延伸出一个定律，当受众有 100% 的需求时，设计者为你考虑到了 120%，就令人感受美好。而另一种情况，你在产品上，似乎能听到一种声音：大爷啊，种种种种原因，本设计师只能满足你 80%，还有 20% 的需求，不关我事了，原因种种种种。其实，倒是使用者撞到了懒迫的设计大爷了。

有位熟人是海宁皮革名家，1999 年某天，他和我谈起，对远在伦敦的一位英裔股东不太理解。分歧是英国皮具老人不同意，为降低成本计，将一款高档头层牛皮三人沙发的背面，换用同色人造革。我做了了解后，对朋友谈了自己的判断。有可能两位股东对对方的立场，都欠琢磨。英国人除了对降低部分面料品质的半吊子做法，本能地不喜欢以外，或许还有一个原因是，不少英国用户的客厅，让一组沙发任意方向品字形摆放后，空间仍然绰绰有余。他们的三人沙发，常常不是靠墙而放，背面会整片裸露在人们视线之下，这里若出现一大块人造革，显然品位不良。而当年半数以上中国家庭的三人沙发，又的确是靠墙摆放的，放置后几乎不再挪移，背部换成牢固而廉价的人造革不无合理。所以，不求一致，两款并存，由客户来二选一，未必是上策。两位股东相持不下的分歧点，是因忽略交流两地摆放方式而引起的。海宁名家，立即想到了在英国常见的带前后院子的 House，即独栋屋舍，它们的客厅面积一般都很大，可以自由摆放沙发。他一下理解了英国股东为什么不愿让步，海宁名家决定尝试菜单式销售，背面用原皮或人造革，由用户自选。设计思想对立时，不是要谁让步，而是看谁更能先理解对方，并找到合理变通的设计出路。很多时候，人们在策略选择发生分歧时，争着争着，就计较起尊严，计较起话语权大小，既不能越辩越明朗，也很难找出分歧的本质。

十几年以前，上海市政很多设施、用具或小品的设计，开始注意美观。果皮箱、地面拼砖、候车凳椅、阻挡小车进入人行道的阻挡杆等等，逐渐讲究趣味。当年徐汇区街面人行道防止小车驶入的直立阻挡杆，设计上加了锚链元素，柔化了阻挡和警示语气。这一设计意识的提升，是极为珍贵的改变，一下就让行人对徐汇市政的品位有了好感。当时其他区的同类产品，多在使用红白或黑白相间的直筒杆，涂了点油漆，就算考究得要命，一无审美考虑。同样的物件，不同的设计心思，效果天差地别，陈旧不用心的设计，让一个区的市政管理形象，很罪过地天天杵在那里，为别人的精彩，风里雨里作着反面陪衬，等待着下一位有作为者出现。

所有的市政用具里面，最有意思的，是一款抛光的金属候车凳的设计。约九年前最初上市时，带弧度的凳面不是水平的，而是有个前低后高的斜度。这个斜凳面的设计，应该不是为了让雨水快干。那么，凳面的斜度为何而设？其中的奥妙，值得玩味。我想，它是借这个角度很大的斜面，杜绝人们久坐或平躺在凳面上。一旦你在凳面躺平睡着，身体就会自动侧翻。我称这款候车凳为"睡就翻"。除了我这样瞎琢磨的人，还有就是真想在上面躺一下的人，他们既会明白，更会生气。这是一次强制性的设计，效果基本上都是负面的。我见过有疲惫者，直接就在凳下地面上半躺下了，比躺在凳子上还要煞风景。我觉得，难得有人真的累到不顾雅观，也要在大庭广众之下躺一下，他人持不反对，也不鼓励的态度，是为明智。而那个斜凳面，是不管三七二十一，先反对并限制再说。最不妥的是，所有使用者都被这种算计绑架，他们无不感受到如坐滑梯的不适。设计者为解决一个问题，竟然忽略了老弱病残及怀抱婴儿者的安全。这样的设计，好像没有赢到什么，反而只赚到了一个评价：小气的巧智，既极不周到，又得不偿失。现在，同款的候车凳，那个斜度已经没有了，凳面改为水平。改了，是进步；这种改正本身，倒令人颇有好感。

以上谈了六宗和设计有关的事件，好像并没有展开一个很大的话题：尊重人性。

我以为，我已触及。

少年会记仇，也会记住别的

房东，不是房东，他是当年我所读中学的一位房姓体育教师，房东是他的绰号。四十多年前，上海的这些中学，正处于一个特别时期，政治左向，师道卑贱，每届都为这座城市送出一定数量的流氓。不少男孩的梦，是称霸一方，哪怕是称霸一个班级也好。青春期的种种能量无以疏导，被挤压成种种怪相。我是1974年入读中学的，那届叫77届，特色之一，是男女同学在公开场合绝不说话。

刚入学的本届男学生，全都十四岁，肖猪或鼠。他们除了长相上承接血统所赋予的各色模样以外，大多喉结初凸、面有粉刺，衣着的颜色和款式雷同，仿佛由一家组织统一配发。旺盛的激素分泌，不仅刺激着我们的骨骼成人化。提前发育的，有人开始喜欢使用发蜡之类，以头发油亮为荣，他们身上已经有几分坊间小爷叔之态；而晚熟的，依旧形同稚猫一只。女生们呢，半数难见性征，但已有不少人像那种很妖的花，开始迎风婀娜起来，她们无意间释放的性别烟雾，撩拨着少男们的雄性渴望。

我所在的班级，是一个体育专长班，学生是在中学所在的地区范围内特招的，本校 77 届的男女篮球队员都集中在这个班里，其中有多位是市或区级的少年球星。

我要讲的这位体育教师，是当时本校的男篮教练，在校四年，他对我们的影响很大，公开场合他被叫作房先生，私下我们一律叫他"房东"。每说一声"房东"，我们就有一种与成年男人平起平坐的快意。当时的房先生三十多岁，高个、平头、宽额、方脸，并搭配着一条醒目的长颈，记忆中似有一条蚯蚓般的青筋，始终直立于他的颈侧，显得耿介。大学体育专业毕业后，他来这里从教多年，在体育教研组中，他是一名仗义执言、脾气略暴的中青年骨干教师。七十年代的房先生，不喜好打扮，四季衣着是公费的运动装，一层一层大翻领。什么东西到他身上后，总是旧兮兮的，包括他那辆大大的永久牌自行车。

对我们这群十四岁的男同学来说，房先生是有魅力的，他比一般的老师要随性一些。他不怒而威的气场从何而来，说不清楚。他从未有什么小格局的行为，可以让我们这些少年在心中暗暗鄙薄。房先生笑语频繁，其中大部分和他调侃弟子有关。在和他的相处中，我们还是被迫接纳了他的成人优势。再说，他酷爱讥讽的嗜好，让他不时出语机巧，也为训练场上制造了一些喜剧效果，且都还在分寸之内。被他取笑时，尽管狼狈不堪，但我们一般也只能跟着贼塌兮兮地笑一笑，就把自己的体面奉献给他了。

记得，因为平时私下用惯了"房东"这个称谓，竟有糊涂同学在体育教研室内，当面说漏嘴，称他"房东"，第一声没听见，又补叫一声"房东"。房先生醒悟过来，怒目循声并大叫一声："啊？"像是在说，这还有规矩吗？一众师生忍俊不禁，肇事者早已惊鸟般拍翅而去，房先生呵呵干笑两声，算是放过了。

我们这些不是就近入学的同学，有好几个在本校教工食堂搭伙，午饭后，我们喜欢在体育教研室，围观老师们下象棋，而体育老师通常都是好斗的，下棋时性格毕现，好戏纷呈。中午时分，一般少见房先生，他骑车早回马当路的家吃午饭了。那个年纪的我们，对老师间的谈话非常好奇，为了不被驱逐，每遇老师间交流，我们都会假姿假眼地望着别处，一派漠不关心的样子。

有一次，听到来体育教研组串门的女老师说道："房金庆，有儿子了，准备再生一个！哎哎哎，伊吃饱啦？伊吃饱啦？"七十年代，政策上已经倡导晚生少生，且知识分子不堪多面重负，一般也只愿生育一个，但房先生与众不同。不久，他的第二个儿子，真的呱呱坠地了。房先生的选择，我们是看不懂的。

前不久，有一次和别的班的一位男同学谈起当年的房先生，他对我说："册那，我恨煞房东了。为啥？伊一脚拿我踢进游泳池，但我从此学会了游泳。"听得出来，这位同学内心对房先生还是有好感的。

我们班个子最高的同学叫宋万伦，篮球队主力中锋。他有句精彩的话，想起来，我就想笑。他说："二胡一拉，旧社会就来了。"形容当时的文艺，常用二胡为各种苦难场景伴奏。就是这个宋万伦，在一次训练中顶撞了房先生，房先生一怒之下，当众对他说："你以后不要再来了！"没想到宋万伦喃喃自语地回敬了一句："做啥？要来的！"第二天训练，宋万伦阴着脸还是来了。我在想，这次"旧社会真的要来了"，房先生可不是一个逆来顺受的人哪，再说这种事情，通常被冒犯的教练一般都不会不了了之。很奇怪，房先生做得好像什么都没有发生过一样。在这件事上，他又做得很特别。

现在要说到我了。我这个人体育上是没戏的，肌肉素质天生差。比如，垂直向上跳跃，还没到应到的高度，身体就坠落了，难看。这是基因的原因，不可改良。有一次对外校比赛，房先生让我上了场，这场比赛输了，我的表现也不如人意。房先生习惯性地讪笑着对我说："看你的面孔，好像很聪明嘛，怎么球总是打得这么笨呢，啊？"那个年纪，别人在很多事情上贬低你，比如说你长得丑啊什么的，都可以吃得消，唯独被人直说蠢笨，内心是崩溃的。听了这话，我没有笑，也没有说过一句话。

当天傍晚，我和几个同学出向明中学校门左拐，走在瑞金路上回家。我无法摆脱被贬损后的内心灰暗。突然，有一只大手摸了一下我的后脑勺，一看，是骑在车上的房先生。他什么也没说，只是对我做了那样一个看似极为随意的动作，便继续骑行而去了。这个刹那，我和房先生之间有着神会，我隐约收到了来自一个成年人的类似求和的诚意。我不希望我的判断是一厢情愿，再三揣摩这个动作的全部含义之后，我确实被一种善意柔化了。

几十年来，我记住的，并不是被挫伤，而是一个成年男人在修补行为瑕疵时，所流露的人性高贵。从师道层面，他有理由忽略自己无足轻重的失度，然而，房先生还是选择动了动他的那只右手，向一个少年致歉。房先生不会知道，这个看似平凡不过的小动作，被另一个男人记住了整整四十年。

和酒有关

平生第一口酒，是父亲用筷头递送过来的，在我周岁前后。

初吮酒浆，应是一面孔的混乱，上半身打了个激灵，看上去像笑，真心是在哭。那虽是神圣的一口酒，但和乳汁相比，它的口感恶怪，这个周岁的男人已在心里埋怨，只是尚无合用之词。以后，种种初尝的人生况味不期而至，表情越来越淡静，撞痕无不留心底。

读中学那年，午间放学，四个男同学在学校附近的上海西餐馆内坐定，闻到了香意，那是抹在真皮椅背上的光亮剂散发的。桌面上的两株白色康乃馨，初现萎靡。1974年，还轮不到我辈成为餐馆的消费者。跨入此地，是对成人世界的一次僭越。当日做东的那位同学，老练地点了几道菜，也点了一款相对低价的酒，叫味美思。这款酒以白葡萄酒为酒基勾兑，配方中有豆蔻、肉桂等香料，度数不高。我们对酒品的领会尚处蒙昧，我像喝牛奶一样喝了大半杯，肢体很快丧失了部分协调，肘尖一乱，将半盆罗宋汤倾翻大腿，羞得脸如红肠。

回到学校，为避熟人，直奔高年级楼层的厕所，水龙头下使劲抹擦，但难以搓洗充分。上课了，大腿的热度，焐出军裤布面上洋葱和番茄的气味。有偏执的女同学，像侦探一样眯缝双眼，敬业地在我身上高高低低打量。最吃不消，她连说两个"呦、呦"，死活不放过。

三十多年前，我在哈萨克人的毡房里，领教过多人以一个玻璃杯喝酒。主人把白酒注入杯中，一口喝干，又将酒等量倒入，递给他右边第一人。依次循环，间杂高谈阔论，以及主人把空瓶往脚边一扔的叮叮当当。十多位男人共执一杯，激荡出兄弟情怀。渐渐，这种喝法的压迫感强了起来。那杯酒，或是第八第九次停在你面前，你清楚自己体内的蛋白酶对酒精的分解能力已弱，但是，只要这杯酒仍留在你面前，整个酒局就因你停摆。你的体面选择，只有在这场男人的酒戏中，去扮演助推者，把酒喝干，把空杯还给主人。在世上很多地方，男人的光荣，不一定只与学养、威权和财富有关。那些通常集体默认的价值，有些时刻被视作虚无，而某种勇气，甚至只是喝一杯酒，或许被提升到一个相当的境界来看待。

我在地毯上醒来，身上有件大衣，腮边有一只穿着皮靴的脚，酒局的下半截已失忆。想了想，才明白此刻身在北疆塔城。

1949 年，任解放军营级军官的姑父因伤病，自主选择退役回原乡，姑母跟随着成了四川大竹县的一名社员。

上世纪八十年代初，我去大竹县看望姑母时，姑父已病故。过去的几十年，姑母把客地当故乡，顺势变换着多种劳动方式，乐观地成了一名大竹村妇。她卖过煎饼，贩过猪仔，做过裁缝，种过亚麻，当过小百货摊主。

我踏着泥泞，找到这个种植亚麻的偏僻山坳。姑母以川东女人的朗声朗笑迎我，跟着走出土屋的，是姑父母的养子。这个不到二十岁的表弟，已有了未过门的媳妇。表弟的丈人是同村麻农，出于礼数，邀我下午去他家喝酒，姑母并没有同往。

记不得桌面有些什么菜肴，只记得老汉备了三两酒，分别倒入我和他面前的一只陶碗。小作坊酿制的高粱酒，清亮而单纯，我举碗一口喝干，老汉不相信似的看着我，似乎我不应有这点酒量。站在桌边的男孩，七八岁的样子，是老汉的儿子，领了父亲的眼色，拿过陶壶，身子一闪，已经飞奔在地头了，赤脚，像头小鹿。

十分钟后，男孩进门，给我和他父亲的陶碗里斟酒，又是每人一两多，壶嘴滴尽。这顿酒，男孩共出门飞奔了四次。我糊涂了，每次让男孩只拷二三两酒，是控制着怕我喝高？是偏僻之地大多手面拮据，不习惯一次性多沽些酒待客？还是老汉琢磨着，酒若喝不完，就只看得见酒，摸不见钱了？

我喝了一肚子当地俗称"跟斗酒"的高粱酒，回到姑母家。我这个娘家小辈的脸上没有笑容，因为我的内心没有。听到房门吱呀两声后，我很快沉沉睡去。

姑母家的窗户没有窗帘，太阳从山坳里温吞而出，我头痛欲裂，发现自己的右手被姑母握着，她在我身边无声地坐了一夜。

尽管酒精的代谢物乙醛，是一级致癌物，人类依然没有离弃过酒，也从来没放松过对它的警惕。到达某个摄入量，酒就会燃情，不再简单地只是饮品。酒有一定的致幻性，能让人弱化负面的压抑，也能冲淡恐惧。酒和一些致幻物品比，性质上隔着一条河，但并非无比遥远。相当一部分人饮酒，图的不全是口舌之乐，而是一种偏向正面的精神膨化。

我曾在悉尼七年，多年后重游，和当年一起抵澳的朋友相聚。很多朋友的状态很好，资产殷实。他们的后代，高比例入读澳洲一流大学的一流专业。但是，第一代移居者，在异域白手起家，各有各的心酸往事。

当年初抵这里，我们立即陷入多重困境，没有一种选择会是熨帖的生活路线。很多人过量劳动，日睡眠长期只有四小时，不少人都遭遇过无业后银两用尽，而无人相助。移居人口的离异、绝症和车祸发生率高企。尤其是初来阶段，从基本生存的人人自危中，派生出各种怪相。很多人做人的紧张，已至极限。同类之间的芥蒂、倾轧和防范几近荒唐。多人群租一套住房，共用冰箱，有人会在自己的牛奶罐上天天刻下标记，也有人会每日记录米袋的重量。这些行为，像是旧时笑谈，其实是无法忘却的一段苦情。

在那晚的接风宴上，酒像喝不够一样。大家争着说话，气氛喧嚣，话题芜杂，或听或讲都破破碎碎。有人提议，每人讲一个当年困境中接受他人帮助的经历。大家干了一个满杯后，场面一下死静死静，都在搜索记忆。

那些永世不能遗忘的事，被酒精从沉睡的暗处解开锚链。当故事讲到第三或第四人时，在场近二十个男人，无不热泪潸然。他人的叙述，都像是自己的亲历。在很多互称朋友的人背你而去时，只有那个愿拉你一把的人迎面向你走来。谁都明白，当年那些帮助别人的人，或许自己也在等待某种帮助，甚至是拯救。这类绝境中的援手，只需领受过一次，其影响将震撼一生。

那晚，一滴酒荡起了感恩。

同福里，一把蒲扇在摇

1977 年夏季的某个午后，中学同学阿赵引我去做客。他家在巨鹿路同福里，那是始建于民国的石库门群落，1912 年动工，1936 年全面竣工，工期长达二十四年。踏进同福里，立面肌理一致，建筑的序列感强劲，又仿佛看见天降魔级巨网，罩住了地面上高密度的居民百态，视野之内尽是弄堂的纵纵横横。一排排南窗叠加横列，十有五六的窗口，可见洗涤后的衣裤，在缤纷飘荡。

走入有着牌号的小门，从明亮陡进半暗；光线，刚好是不会发生误撞的亮度，手要扶着些什么，就更踏实一点。走上楼梯，那里是每个单元的北侧中轴。步步螺旋而上，穿越忽明忽暗，穿越三星牌蚊香的烟气，穿越民国设计人的美术趣味。花脚蚊子在耳边嗡的一记，一抬头，可见排列着几只电表。

三楼，门本来就敞着，燠热中，纳着似有若无的风意。当门一张方桌的后面，坐着一位黑黑的、脊背笔直的半百长者，望住我，双眸雪亮，他就是赵父。老人脸颊清癯，没有修面，头发和胡茬一律是白白地硬着。身上那件白色汗背心，兀自空荡，精瘦也就在那里摆着。我没想到，一向文雅的阿赵，背后却有这样一位目光煞辣的老头子。我的心不由得一紧，再细看过去，老人身上，已然找不到一般上海伯伯的松松闲闲。他的特别，在我十七年的阅历中，出现得有点冷不防。我觉得，这个衣着随性的老人，尽管兴致低迷，但他的气质品相，还是比马路上大多数光鲜的男人，要来得更有内容。

1965 年，我五岁，曾在祖母手里走失过一次，后来才知道，我苦寻祖母小半日，奔来跑去的那一带，就叫八仙桥。真是奇怪，此刻，我一见赵父，就从 1977 年进入 1965 年了。闻到了从八仙桥街面飘来的，用黑色糖砂翻炒良乡栗子的逼人香气；闻到了倒在透明玻璃杯里的咖啡，以及烤过的面包切片刮了层果酱的味道。日后，阿赵告诉我，他父亲一路成长的地方，就是八仙桥，一直待到由大亨黄金荣的义妹做媒，迎娶阿赵的母亲为止。

赵父，坐在摄氏三十多度的气温中，有一种不明来由的威风。一只酒杯立在桌面，两碟小菜无色无香，一双旧旧的象牙筷，筷头搁在一只空碟边沿。

没有太多客套，话题就落在德制玻璃器皿上。老人说，德国货，结棍。质地上，扎扎实实，一刮两响，绝不会省工省料小家败气；样子上呢，从不见一星火气，也没有半点粘粘格格，掼足稳稳的男人派头。老人又说，德国货么，看上去木木的，拿在手里重重的。你去找件同样的东西，在它边上一放一比，就明白它是什么货色了。老人告诉我，德制玻璃品的底部，一般可见"IC"两个镂刻字母。那年头，作为中国青少年，我们只在电影里见过德军，手上却从未触摸过半件德国货品。老人啜着烈酒，酒香弥漫，仿佛让夏日的气温又上升了半度。阴郁的时光，已变得欢悦起来。老人似渐渐起步，重返享用舶来品的那些泛黄岁月。老人的父亲，也就是阿赵的祖父，曾是分量仅次于黄、杜的上海滩强人。当年统领市区倒马桶的，俗称粪霸，虽几分天下，但属阿赵祖父地盘最大，后因他参与活埋上海工运领袖汪寿华，1950 年被枪决于烈士被害之地枫林桥。

此刻，作为旧上海大亨的后裔，赵父又一次沉湎于那段如梦似幻的日子。他的记忆，在大幅倒带后，开始亲切回放。他的眼神迷离了，兴奋的汗珠从高阔的脑门上密密渗出，一切都幻变得有滋有味起来。杯中残酒，滋滋地咪进他的唇间，咂出的仿佛已是路易十三的法式甘醇。赵父正在回望中的自己，正是我们当时的年纪。只不过记忆磁带中的赵父，玉面华衣；而现实中的我们，虽恰恰年少英俊，衣装却俨如退役老兵。赵父滔滔不绝于对往事的陈述，他的感受力，应属人中上乘，他喜欢把玩细部，描摹的语言也简练生动，一五一十清清楚楚。他的话，在家人耳畔，想必是千百次的循环重复。

同学阿赵淡淡而笑，一如初闻父亲叙旧，丝毫没有要截断老人絮叨的意思，也不在乎第一次上门的同学或会暗笑。父亲的快活，显然是阿赵喜见的。他摇动一把母亲用蓝布条绳过边的芭蕉扇，替父亲缓缓扇着。

老人的一生，实在太折腾了。上代传给他的戏院，被公私合营后，他照旧以为自己还是小开，混不吝地擅自从票房取钱。

步出囹圄不久，就有点酒精依赖了。令人敬意油生的是，赵家少见怨来怨去、怨东怨西的市井俗套。对这位旧上海金都大戏院的少东，后为两手空空的酗酒絮叨者，赵家母子给予了大尺度的包容。这种包容，是声声叹息中不寻常的忍耐，其中满含的温润，是对悲凉命运的抵御。赵家母子对赵父动用了顶格的宽宥，这决不是沪上家家户户，都能随意炮制的情怀。屋檐之下，看上去似乎别无选择，其实还是有百样取舍的。面对这位只给自己带来麻烦的父亲，阿赵所表现的早熟、无奈、隐忍、善良和关爱，震动了十七岁的我。

又是几十年，那年是赵父百岁冥寿。出于对亡父的缅怀，阿赵发给我一张他父亲的照片。第一眼看去，我先是笑了；看着看着，再也笑不出来。唯留赵父，在照片里孩童般地向我们牛气地笑着。

老人家卒于 2008 年，享年八十六岁。

艺术家林春岩二题

画面外还有一棵柳树

2006 年，著名艺术家林春岩的油画《北京·柳树》，被澳大利亚学者欧美林女士收藏。

十七年后的某一刻，三名西人站立在这幅画作前，叠成了另一幅图案。尽管物是人非的悲戚没有涤荡般弥漫，但三人的眼眸里，已多了十七年情动生命后的遗痕。树干正前方，欧女士娴雅的气质，反赋北京柳树羞冷的风情。著名汉学家陶步思、欧美林及另一名女士，一律散淡而生动。这件幅面很大的油画，作为后景，成就了第二场景的清丽调性及韵质。

画面外，我看见另一棵柳树，那就是年过花甲的春岩。他是不是比以往更加秀挺和滋润？这要问寄养他的地方：北京宋庄。

谁敢六十岁重装自己

著名艺术家林春岩，1962 年生于北京，1984 年在北京圆明园举办露天画展，毕业于西悉尼大学视觉艺术系。

四十年来，他潜心先锋风格的油画创作。在迈入新甲之际，在历经数十年执着而安静的追寻之后，他突然拆卸开早已成型成名的旧我，在画风画语上，奋力实现了惊世骇俗的一次重装，令人击节赞叹。

林春岩的油画新作《嫉妒JEALOUSY》，对我的感官形成双重夹击。一是，艺术家恣肆的构图和虚实难言的笔触，如抱巨椽冲撞灵魂古钟。另一重是，在迈入人生新甲子之际，他对自己的颠覆，既暴烈而又出手干净。这二十多年来，我仿佛一直跟踪着他，相隔再远，总能闻到他的叹息和梦中嘶喊。突然，我看见他在我的视线中淡出了一下，再次站起，他像是另一种体格的人了。

我被震惊。

观察戴工

对下一代的观察，我的头号样本，是我哥的独子。我常拿这位八零后的先生，同其前辈比对；某些发现，耐人寻味。

我哥随母姓戴，爱侄跟进，他在北京高校获硕士学位后，成了微软北京的软件工程师。我尝试称他戴工，他淡淡接纳，对其中逗趣式的奉承，概无反应。

戴工两岁，从北京来上海，和爷爷奶奶一起生活多年。不到三岁就喜好斗智，在公园骑了木马，回家路上，懒得步行，要抱；遭拒后，立即强势趴地耍泼。该他倒霉，他叔叔也是这样长大的，深得其中三昧。料定戴工正在后面再三抬脸观察，只要视线里没了我，准起身哇哇地哭着追来；以后，这招就废了。我朝前走不回头，故作残忍，最后几步，还是担忧的。戴工若有胆不按常理出牌，输的一定是我。叔侄之战，大嫂得知，应被她视作冷血，不会夸我教侄有方的。毕竟非自家儿子，我的强硬度会差那么一点点。两岁的戴工，若能识破这点，以后众多权威一并归他，无话可说。上下两代斗法，比的是谁更强硬，但亲人间，前辈往往硬不下去。

年轻人对前辈，心里其实是有优越感的，只是碍于伦常，把它收拢了。前辈晚辈间的摩擦，一代代公平轮替，看谁对此更明智了。

随戴工一起成长，我意识到，长者若以一己经验，倚老卖老地去规范下一代，多半低效。青年行事，常没有耐心和习惯去站在前辈的角度，既考虑你，又考虑他。若一定要以自身的阅历，追着去教诲年轻人，有种狼狈或会等着你。就像在林子里逗鸟，被你一聒噪，鸟儿从身体里挤出若干湿湿的类似涂料的物质，你可以听到它们飞离时的坏笑。不少长者，一般不会迁怒于自己手段的平庸。假如日常，从这位长者身上，较难发现一点高尚高明高级高贵，以及非常珍贵的有趣感，那就更免谈对年轻人有什么魅力了。不思进取的，不一定是晚辈。

戴工这一代，对贵贱尊卑长幼等级，并不像他的前辈们那么敏感。我们这代心照不宣的一些虚荣，在戴工眼里或真心不以为然。戴工二十多岁前，对别人姿态里埋着的语言，满不在乎。因为，他对人际关系在生活中的奥妙，并不太领会。他认为，按常理或法理办事，已足够。在长达十多年的高考亮闪提醒模式中成长，他们刚出校门时，看事如应试，是非分明、正误第一。对左道旁门，口是心非，以及人际关系的机关暗道，非常不屑。直到一系列职业和家庭重任，真正需要他们自行担当时，才时有反省。

以我对戴工的长期观察，他的处世观，远非父辈模式的简单加减，倒是同代人给予的树林式互相刺激，对他更具影响。处世观，不会人人一律；其形成，除了个性等诸多因素以外，受家德以及家庭资源丰薄的影响很大。

哥嫂均以知青身份，考入北京高校数学专业；他们身上既有清教徒式的学院气质，又有所学专业以推导来寻求真理的习性。父母的这些取向，在早年戴工身上有所体现。他曾作为京城少年黑客，上过当年央视的《实话实说》栏目。面对大牌主持人设有陷阱的提问，八九岁的戴工，十指交叉，侃侃而谈，一旦发现中了主持人的圈套，就开心大笑。后来，戴工并没有头套丝袜，继续在网络世界飞檐走壁。这和他早早匍匐于高考阵地，以及父母担心偏科，不无关系。

戴工终于各科均衡，个人自然是实现了新三好：好成绩、好学校、好工作。但我总觉得，我们可能失去了一个天才的程序设计师。

戴工这辈，从天真烂漫的时候起，用了十多年时间来搏高考一件事。此外，独子的绝对中心地位，让他们经常只接受唯一和第一的安排，心性难免畸变。我曾在上海的泳池见过一幕，教练同时带教三名五岁男童，夸奖了其中一人，其余两名立即就泪崩哭闹，抗议有人居然排在自己前头，哪怕只是一句口头嘉奖。虽饱受娇宠，独子们对亲情的意识，却反而滞后。戴工婚后来沪探亲，爷爷在饭桌上严厉批评了他，因为他忘了去医院探视曾经悉心照料过他的奶奶。

记得高考之前，在和我的交流中，谈起自己父母，戴工的批判多于肯定，偏重揭示局限，似忽视了父母很多难能可贵的优异特质。如果没有亲人这层关系，会不会出现不屑，真的难说。被遗忘的，不只是祖母，戴工对父母的感恩意识，也久未激活。

戴工从上小学起，就和父母玩着警察与小偷的游戏。每次听到父母出门的声音，即刻心花怒放。在他小房间的桌面上，摊满作业本和课本，他的注意力却都在拉开的抽屉里。里面翻开着航空、航海、兵器、舰船、盗墓、星相等杂志，那是他真正的兴趣所在。父母迫近，他就推闭抽屉，一面孔思考作业的深刻。

一个人，他的行为自由和父母的存在对立，且十多年如一日，亲情变得寡淡应是大概率。在监督孩子的过程中，有无让他们心悦诚服的家长呢？我小时候楼上有位邻居，比我小一岁，他母亲是儿科主任医师。这位母亲有方法，有威望，她和儿子在一起的时候，的确像是朋友。她八十多岁时，拒绝和儿子一家住在一起，只是保持微信互联，高度尊重两代人的独立性。我佩服她，无论在什么阶段，她总能抓住要领，要领又是什么呢？

转眼，戴工成为两个孩子的父亲。那个生活上马马虎虎的少年，现在经过厨房开着的微波炉，定会弯腰而行，避开他理解的辐射伤害。犀利深刻的洞察能力，遇阻绕行的前进方式，不喜冲撞的待人接物，构成他含蓄的日常姿态。

戴工的父亲英年早逝，他父亲罹患绝症后，戴工不像我想象的那么慌张。他父亲追悼仪式的尾声，黑龙江山河农场在京二三十名年近七十岁的战友，横列户外的寒风之中，垂手相握，目送战友。这些昔日知青，从已然苍老的喉管里，发出响亮而不无克制的集体呼喊，向生命的终结致礼，请自己的兄弟走好，闻者无不动容。农场战友的最后一遍呼喊落下，我看见戴工脸上，有着超然的肃穆。他内心之强大，他对生死的淡然，让我疑惑和震撼共生。

戴工父亲的遗体在火化前，需要等待。一排焚化炉前，亲人们都在灵柩边上。戴工去买了一瓶水回来，他的双唇大大翕开了，他看见刚才安放父亲灵柩的四轮担架上，已经空空无物。就在这一刻，他突然失控了，在这个生离死别的厅堂，戴工是唯一的情绪崩溃者。他终于意识到，真的永失那个愿为他做一切的男人。不可复制的过往，以全新方式，开闸般涌入他的记忆。父亲，作为一个高大男人，第一次在他心里站立起来。此生，他们父子间，尚未动用过一次爱字。

从这一天起，戴工和叔叔之间的代际差别，也变得略微模糊。戴工的外形，越来越像他的父亲。

墙上的乌普曼雪茄

很多人头一回吸烟，就立刻练习让烟雾从唇间涌出，又被鼻管抽走，再从嘴里徐徐而出。上世纪七十年代初，还是四年级小学生的白先生，念想着有一天可以像成年人那样享受卷烟。从口腔到鼻腔，兜兜转转的那口白烟，让他心里发痒。

白先生还是没有克制住好奇，首次品尝烟草，就遭匿名告发。班主任把他长时间撂在办公室光线灰暗的角落里。不少老师喜欢用这类冷抛的手段，先磨出犯错学生的心慌再说。

白先生的头顶上方，有根从煤炉那里接过来的白铁皮暖气管，他一脑门急汗，腮边污痕累累，脏兮兮的红领巾不断被他撩起来擦汗，已在喉口形成死结。透过贴着米字防空白纸带的窗玻璃，看见天色黑了，附近居民煽炒青菜的油香飘来，他的肚子里发出咕咕两声。

班主任，一位比他妈妈略微年长的女教师，又拉亮了另一个日光灯，并把黑管的永生牌钢笔，朝桌面一叠作业本上一扔，说，想明白了？要不，明天让你爸爸来一趟。

初次犯戒，成就了白先生此生的第一次失眠。这位小学四年级的男人忧心忡忡，害怕从此被老师定性为反面人物。回顾中午，他把一盒扁壳的阿尔巴尼亚香烟拆开，手势很社会地给三位同学每人发了一支。他感觉只不过滴答一秒钟，自己就有了二十岁男人的老练。那位划亮火柴给大家点烟的同学，手抖得厉害，像在捏草逗引蟋蟀开牙。片片稚嫩的嘴唇，都用力不当地吸了平生第一口烟，又慌忙要见到自己吐烟的样子，在衣橱门上的镜子前，四个人挤作一堆。刚还在朝天吐烟，突然，无一例外地头晕了，且伴有恶心，不得了，以为尼什么丁中毒，他们纷纷把烟掐灭。

在四年级办公室，白先生沮丧地站着，支支吾吾地向班主任做了绝不再碰香烟的保证。班主任说，这可是你说的哦。

老师放了他一马，没有通知家长。

吸了两口阿尔巴尼亚香烟，让白先生在十岁那个冬日，第一次意识到，悔改这个词原来离自己这么近。幼稚少年的一晚失眠，很伤气焰，他看上去一下子短暂性老了两三岁。

此后约半年，白先生的骨骼粗硬起来，喉咙的音色时尖时哑，无法掌控。他的智力成熟更快，已能把抽烟和显摆，路归路桥归桥分开。他还算诚信，兑现了对小学老师说过的话，直到住进远离家庭的大学生宿舍，才开始真正意义上的吸烟。他的军裤口袋里会有一包劳动、飞马或其他牌子的纸烟。最便宜的，买过一毛三分一包的勇士。烟总是很快抽光，他会把裤袋兜底拉出来，掸掉缝隙里的烟丝。

被舞台美术专业录取的学生，最初都是想当画家的，等到他们大学毕业，大约在1982年以后，很多更炫的样式出现在中国大陆，比如装置艺术、行为艺术等等。为寻找兼职，白先生自制了名片，头衔已由习惯上的画家改成艺术家。业余，他以创作先锋油画为主，业内小有名气，他的公职是剧团的舞美设计。

出道前后，白先生一直使用廉价的国产颜料，后来出了国，先是在中国城附近摆摊给洋人画肖像，又转为有组织地粉刷室内外墙体。刷墙的涂料为聚丙烯，回到居处也用它画画，调得稍稠而已。聚丙烯颜料运笔不滞涩，在画布上快干、卷起来不易裂，而传统油画颜料真干透需半年。在海外，白先生这样的艺术家归类少数族裔，自生自灭，卖画较难。隔三差五还是要穿着蓝卡其布田鸡裤去刷墙，不然连烟钱也没来路。

白先生在悉尼居住，还在上海时，曾辅导过一个上外法语专业的温州女生学素描。今天，温州女生从巴黎来到他身边。她带了礼物，一盒哈瓦那产的乌普曼雪茄。

旅程累，洗完澡，电吹风还在手上响着，她已靠在沙发上睡着了。白先生蹲在她面前，细细看，她的皮肤依旧细腻，眼眶下那几粒雀斑还在，鼻梁很精致很挺拔很贵气。他想亲她，又变成把一条薄毯盖住她裸露的肩臂，轻轻搂住她静静坐了一会儿。白先生走到黑黑的院子中央，第一次品尝由爱自己的女人赠送的雪茄。远处有三两声犬吠，提示悉尼的夜凉，一抬头，繁星满天。

移民局来函，接受了白夫人以婚姻方式入纸申请澳洲居留。去移民局面试前，有好心人说，得准备一下，移民官可能将你俩分开两处，然后问女方，你家先生昨天穿的内裤是什么颜色？你们虽是真结婚，但不排除一慌神反而说不出来，麻烦大了。

面试那天，年轻的女移民官，像朋友那样打量了这对富有艺术气质的新人，好感明显，只要求他俩补交两封往来巴黎和悉尼之间的书信，也不需要译成英文。

顺利得出乎意料，两人从移民局出来，勾肩搭背地走到了著名的情人港，搂抱着坐在户外椅上。二十多岁的白夫人对三十多岁的白先生说，她来悉尼的第二天，在全球知名的奢侈品卖场维多利亚女王大厦的橱窗里，迷上一款圣罗兰的翠绿色圆形小包。她说，如果做白夫人是第一梦想，那么拥有那只圣罗兰小包就是她的第三梦想。白先生问，为啥跳了一格？白夫人说，道理上把买奢侈品放在第二，有点败家，总觉得有更靠谱的内容应放在第二，但又想不出来。另外，今天不该有种庆贺的方式吗？

他俩都收到了令自己黯淡的信号。

海风拂面，白先生收拢了原本含笑的脸部肌肉。移居此地一年，眼下正好是他对开支最忧患的时段。他刚缴付了一大笔租用独栋住宅的押金和租金。这个选择，一为新婚，二可以把双车位车库用作画室，他的车仍将泊在暴晒之下，好在是辆破旧的小排量车。买下那只圣罗兰小包的钱，可以买下两至三部这样的旧车。

白先生拉着她直奔维多利亚女王大厦的情形没有出现，而她却从万里之外而来。圣罗兰的话题熄灭了。

第二天，白先生一声不响开始戒烟。这挤不出多少钱来，或许他想以此惩罚自己的无能，并求得宽宥。

同一天，白夫人中午出去，下午就在维多利亚女王大厦的一家珠宝店找到了工作，她笑着告诉了白先生这个好消息。在踏进家门前，她仔细擦去泪痕，那家圣罗兰品牌旗舰店，就在她受雇的珠宝店边上。

一晃，白先生戒烟已有五年。白家的经济状况已优于悉尼一般家庭。妻子跃升为珠宝企业的高级管理者，先生大尺寸画作的订单交货期，已排到了两年之后。

他们还是决定分手。

在妻子去北京出任一家著名珠宝机构中国区市场总监之前，他俩把离婚手续办了。尽管他们分手的原因，这里那里雷同于别的离异男女，但就在这一刻，他们居然发觉，彼此欣赏的眼光又重新回来了。

递交了离婚申请以后，回到自家后院，两人合作用割草机剪了一遍草，都清楚这是最后一次联手为共同的家园干活。完毕，青草被割断后汁液挥发的馨香不绝。在宽大的户外伞下，他们面对面坐在漆成白色的生铁靠椅上。那年油漆时，她硬是要参与，所以四只铁椅，每人漆了两只。同款的白色生铁桌面放着一块黑色玻璃，现在上面并没有饮料，只有一对甲壳虫爬过。十多分钟，无人说话。女人伸手摘了两朵粉色夹竹桃，向男的扔去，落在他头上，媒婆似的，他并不理会。她笑了一下，也不是透透的笑。

双方在悉尼的不动产，交由白先生负责变现，离婚判定书未到，她先离开了悉尼。很快，分手前同住的那套房子有了买家。在搬家时，看见五年前她来悉尼三个月后，自己去维多利亚女王大厦给她买的那只圣罗兰翠绿色小圆包，她并没有带走。

白先生回到上海生活，第二次婚姻发生在此后四年。

在一家进口烟专卖店的橱窗里，看见装潢惹眼的哈瓦那雪茄，白先生双目炯炯。比他年轻许多的第二任妻子，古灵精怪地说，白老伯，你要不怕回到从前，可以试试啊。

白先生听完，从自己的臂弯里轻轻拿掉了妻子的手，径直走进烟店，买了一盒十五支铝管装的"乌普曼玛瑙"雪茄。嗅闻时，他是闭了眼的。

烟气初漫鼻端的奶味，其丝滑宛如热巧克力在食管里粘连而下。过初段，醇厚的口感伴着雪松木香出现。渐渐的，浸润香草的白烟，又从他的肺部爬升自鼻腔，缕缕溢出，在舌面留下了加勒比风格的辛辣。那盒乌普曼雪茄并未被拆封，这些漫过口鼻令人销魂的感觉，均来自记性的深奥之处。

半个月后，同样从悉尼回上海的老兄弟阿生前来画室拜访。说，有客户希望从白先生手里拿三幅画，由阿生全权代理拿去参加今年香港苏富比的秋拍，高出起拍价很多倍的成交概率，百分之九十九。

这位客户应该是位温州人吧？白先生问。

哈哈，阿生笑了笑，说，哎，兄弟，这还是谜吗？你管人家是温州，还是扬州呢，这是一桩合法的买卖。三幅画拿去，几百万进来，有什么不好吗？

白先生从一个藤箱里，拿出那只翠绿色的圆形小包，放在桌面，说，当年，她如果带走了它，你今天说的这件事，我不会有二话，就算她是在帮衬我，我也不会有二话。

午后，太阳射进白先生的画室，光线有喷薄感，白先生在嗅闻那盒雪茄。兀然，有墙体的碎屑窸窣落下，那盒"乌普曼"雪茄，被白先生用一根长钉，一榔头钉在画室的白墙上面。

无门之门

　　林是我的同事，相识于 1991 年的悉尼，当年都是从上海去澳洲的。林看上去随和，却明显和凡人常态有距离。就像鱼缸里游动着一堆黑玛丽，他却是其中一条白色的鱼。偶尔，他也会搭讪同僚，那是他的变奏或调剂。短停后，又速返他内心的森林里去了。

　　诧异一，对于某些事，他提得起，我未必提得起；他放得下，我又未必放得下。

　　诧异二，他有意无意和周边世界错开，不像只是为了心性自由。他曾说，和不合适的人对话，是对时间的不敬。

　　诧异三，无论二十七年前或现在，这位英美文学硕士，从不张罗一个半个语句，来定性曾经发生在他身上的那个奇特的拥抱。这个隔着一个胎儿的男女相拥，发生在上世纪末。

　　那片树林，在悉尼西南的坎伯公园。靛蓝的夜色里，大片大片草地生出的清新，淡雾般弥漫。樟叶的气味细弱，栀子花的香意浓郁。有一对亚裔男女在此逗留，从黄昏，一直到他俩和周围的乔木合为剪影。一棵连理的苍老银杏，神奇地参与了这对男女的幽会。他俩一人一边，依树而立。三十岁的林，注视着比他年轻四五岁的张小姐，把她发间的一片枯叶提走。妙曼时分，他俩却有些矜持，彼此仅以语言步步为营地试探着。一身无袖布裙的张小姐，像甲方一样，观摩着林如何来竞夺情爱订单。她的沉着，未知和她在浙江大学所学的数学专业有无关联。而我的同事林，又哪里会恪守乙方的规则。他脱下外套，把女孩暖暖裹住，一下就除去了她的面具。张小姐眼帘低垂，用软舌弹拨的哆哆诘问里，含有越来越多的羞涩。对林来说，明知这是撩弄，仍不能充分抵挡。两个青年知识分子渐入迷醉之乡，但还是要不咸不淡地发牌出牌，先将思想握手的程序走完。

现在，要插叙一些发生在今晚之前的情况。

林赴澳前已离异，有人把张小姐同在悉尼的姐姐介绍给他。林和那位姐姐的恋爱，本来好好的，但当林看到妹妹，也就是张小姐后，发现自己真正要的，是这位经典的杭州佳丽。他被张小姐的知性之美颠倒，仅温婉一项，已让他不能自已。尊重内心，在林看来天经地义。他不迟疑地向张小姐示爱，处置姐姐略微滞后。正在保胎状态的张小姐，面对突如其来的求爱，没有惊讶，没有鼓励，没有拒绝，没有逃避；只有淡然微笑。于是，这个故事就像一匹野生马那样奔跑起来。

张小姐在哪一刻，告诉林自己正有身孕；他俩最后如何向姐姐摊牌，姐姐又是如何躬身而退；这三个男女，把够写半部《呼啸山庄》的多重纠葛静静捋顺，全程连银针掉地的声响都没有。

决绝的女子，即便有身孕，仍会与不再相爱的男子决裂。武侠小说名家古龙先生有一名美丽前妻就是，现在这里又多了一名。一切已迅速传开，包括胎儿的父亲，是张小姐在悉尼同居一年多、刚分手的男友。林在解决了姐姐的问题后，还要面对张小姐腹中胎儿的问题。林明白其间的路面湿滑，但仍要入局。

林的别致在于，他遇事从无过多的自我保护性假想，总是简单地直面所有难题，他把纷乱视如寻常，一切就真的寻常了。

坎伯公园出现鸦鸣的时候，太阳平射光束，空气新而冷冽。叶片和草间的露珠，灯一样亮着。种种植物之香，可以被一一对应和辨认。穿透公园的风，抚摸着一夜未眠的他俩。

此刻，林把张小姐像一只狸猫那样拥入怀中。她无语的接纳，让林潸然泪下。

张小姐指甲尖锐的十指，深刻抠入林的脊背。一夜长叙，她的心情感动而复杂。她不否认，接纳面前这个男人，有着顺乎现实的思量。她可以不向前男友妥协，可以执着地成为一个没有男伴的孕妇，可以不向家人作任何求援；她同样可以让一个善良的男人，在他人口舌的长短里，走进自己的日子，来分享和分担未来，更何况，他又是如此不顾一切。任何一种小器和狭隘的猜测，离她的行为动机，多少会有一点偏差。

而那个正在羊水中嬉戏的胎儿，被迫将心跳融入两个长者的紧压。母亲的器官像一间密室，他蜷缩其中，参与了一次窃听。当然，他又像是另一个男人以自己的血脉，徒劳地阻隔着这个拥抱。三个人的小小结构，在连理古树下无语诞生。

孤鸦在飞行中嘶鸣，宛如婴啼，声音带有滑翔感。鸦鸣停歇，一片死寂，像有人在谛听神祇的预言。

瑰丽的一夜已然过去，他俩牵手踏上卵石甬道，向坎伯公园的无门之门走去。谁都无法预见未来，起码那一刻，都还是暗牌。

现在，到了把这张暗牌翻过来的时候，此举意味着二十七年过去了。今天，林已在国内担任外籍教育专家多年。他现在的夫人，不是那位张小姐。林和张小姐有过四年的事实婚姻，他称职地担任过老大的父亲，并和张小姐又生育了老二。他们联袂培育了一位刑事律师和一位工程精算师。如今，两位专业人士，和母亲一起生活在悉尼。

林曾问我，这算是一个始乱终弃的老派故事吗？我说，一些看上去正常的局面背后，很可能延续着不宜公开的破碎；而那些勇敢保持内心完整的人，有时候倒像是秩序的颠覆者。

在电话里，林平静地告诉我，他有一段时间没有和悉尼联络了；算起来，他也是有两个儿子的父亲。

在平日，林通常不是主角，但他依然令人注目，因他的另类。他进出各种有形无形的门洞，做着他认为合理的事。门，意味着界别，林不太在乎，门和界别的意义，也就淡化了。

突然觉得，林有一种能力，把自己的生活空间，处理成一座个人化的公园，既不遗世独立，又不冒犯自行的快乐。他的特别，难以模仿，但值得关切。

语言的姿态

无论书面语或口语，都含有人的心理涟漪和情绪痕迹，它们和措辞一起构成了语言的姿态。这种或明或暗的神情，对语言的效果，具有直接而重要的影响。试以几例，作引玉之谈。

我这人很直，喜欢有什么说什么。

常说这类话的人，不算少。话主在进入正题前，加个这样的语帽，为发言效果巧设了进退两便的防护。若说偏了，但态度正义，谁要计较这样的直言之士，似格局小了。如说对了，议事内容和为人率真双双得分，一石二鸟。我以为，真要率真，直说即可，不必虚掩和铺垫。就像伪善者，很少会说，我这人其实很假。

如果可以翻查，会发现这种保护性语言的背后，很可能埋伏着种种细碎的心思。把他当粗人，你自己反倒粗糙了。这种话，总会让我想起一个画面，枪手在枪头上安装消音器的画面。

还要这样问，不是说过好多次了吗？

这种格式的语言，已经是一款语姿凶狠的埋怨了，它将你的记忆力和智力一并棒打，听者不悦。表面看，是情绪急切，涵养欠点，但任他说惯了，别人要么尽量不再和他多语，要么战战兢兢，怕再被抢白。这种语言，表面颇有优势感，这很可能是受者不经意中，不断为话主营造了放肆说话的习惯。

老说这类话的人，常以为他曾经说过的，一律都是要紧的，怎么可以被你忽略而重复再问呢。说那句话时，很可能只因一点点理由，就完全无视别人的感受。

个人心得，不能以为正在说一句正确的话，就可以粗蛮，就可以忽略语言的姿态。人们接纳一个批评，并不简单地只看正确与否或有利无利，人对信息的消化，是很复杂的过程，或迎或拒，充满各种牵连和机巧。一句内容有益的话，很可能因为说得不近人情，或压迫性过强，反把人推到更不正确的方向上去了。

一位五十多岁的女士告诉我，她曾向女儿请教电脑操作问题，明明只问了一两次，女儿说："我已经和你说过无数次了。"女士一言不发，去学校读了半年电脑课程。女儿觉得惭愧，向母亲道歉，并说："不过，最终的结果也蛮好哦。"女士说："是吗，但妈妈对你有点害怕了、怨恨了，这更要紧，你同意吗？"

告诉你，很早就想跟你说这些话了。

把预见放到事后讲，总是奇怪的。很早不是没说嘛，要是说了，可能对他人就是一次有先见之明的点拨，但那么做需有担当，因为那时一切尚不明朗，说对说错的概率五十五十。现在已水落石出，再来说应算马后一炮。开头加这么一句，无非想把马后炮的平庸扳一点回来，既显露老谋深算的预判，又不承担超前博傻的风险。此外，很早的时候，话主究竟怎么想，和后来说的是否完全一致，已无法求证。

有个规律很有趣，不太爱担当的，常是那些看上去机灵的人。

妈妈还好吗？

这是个正面的案例，在使用沪语的范围，曾多次听到有人在朋友间这样亲切询问。这里省了一个"你"或"你的"，人和人突然就近很多，半秒之内暂时模糊了非血缘的距离。很少有人会拒绝别人如此暖心的方式。此类措辞手段，在年轻的人群里已罕见，仅为若干家教周致、年纪在七十以上的本埠雅士所用。掩去一个代词或物主代词，温情顿然被点亮了。

物资保障员。

翻阅军史资料，发现解放战争时期，东北战场的解放军部队有"物资保障员"一职，通常指跟随作战部队，运送武器弹药和粮食的人员。他们的运输方式，是传统的人拉肩扛，辛苦至极。军事专家说，那个时期，解放军正规部队官兵称谓已很齐备，而勤杂人员的名称是否理顺，取决于具体部队相关干部的文化程度。在接纳了大量投诚和被俘士兵以后，部队仍在战斗状态，一来兵员补充到岗前的甄别需要时间，二来在民工支援的基础上，仍需补充大量的后勤运输人员。一些愿意加入解放军的投诚或被俘士兵，就先归入运输队伍，暂时不配备武器，一边工作，一边接受考察。这时，有些部队就用"物资保障员"来统一称呼他们。

这是个繁重的体力工作，"物保员"的名称强化了该项任务的本质含义，相比挑夫等称呼，更体面一些，也淡化了临时性工作给这个人群带来的心理不安。战火纷飞之下，人们在语词使用中，对人性关切已经这般考究，令人感慨。也显示了，语言中尽可能关切他人的尊严，由此产生的正面意义不可估量。

设计设计。

我在悉尼生活时，有朋友娶了本地英裔女子，老丈人是火车司机出身的澳洲著名作家。老人在远郊有个树木参天的院落，院子大，内有瓦顶平房三幢，常年空着。每年秋叶飘落，会把房顶的下水管道死死堵住。院中还有一个很大的轨道小火车系统，是老人多年前怀旧的玩具，同样被腐叶覆盖侵蚀。

有一年，老人对女婿说，能否请你的中国朋友去那个院子设计设计，把环境变一变。朋友哈哈大笑，明白老人是想请大家去那里清理树叶。作业面还不小，上到房顶，下到院中的火车系统，以及周边地面。朋友想到老丈人用了设计一词，实在好玩，来邀请我们时还止不住大笑。从此，我们就把这项清理腐叶的劳动，作为一年一度的秋后节目。清理树叶的时节快到了，我们就会纷纷去问那位女婿，喂，什么时候去你老丈人那儿设计呢？

此处的设计一词，纯属体力劳动的友好延伸，大家从老人诚恳的神情里，读到了幽默。老人用心为别人的体面做了铺排，夸大了体力劳动中的精神含量，大家都心知肚明。和这样的人打交道，总让人觉得有趣，也很情愿。就因为这个"设计设计"，我们永远记住了这位英格兰老人的友善和机智。

在日常的措辞里，多一些人性体恤，少一些情绪误伤；多一些雅量，少一些占尽上风的不依不饶；这应该不是新鲜的倡导。只是，出于过分自我或失智，令人不悦的语言现象仍随时可见。旧的倡导，并不因为它的陈旧，就已失去了意义。

艾娣雅·买买提的目光

　　如果用流行于浙江的社戏，来比对维吾尔族的麦西莱甫，发现有几点相通之处，比如两者都发端于祭祀，形式都以群欢的艺戏、舞蹈观摩为主。但又觉得麦西莱甫的发散色彩，并不是社戏的概念所能覆盖。关于麦西莱甫的学术研究，近年还是有一些成果的。其中比较突出的，是艾娣雅·买买提博士，她于2006年，就完成了她的专著《一位人类学者视野中的麦西莱甫》。

　　艾娣雅·买买提博士，是著名的维吾尔族丝路学者，也是一位多有学术贡献的人类学家。她在一封书信里写道：对我而言，用生命中一段时光走入民间，视线投入乡土社会，近距离接触绿洲聚落里活着的文化传统，是学术研究中难得的非学院派修行。人类学家的眼睛永远朝下，朝草根阶层看去。

　　在艾娣雅·买买提博士笔下，麦西莱甫，很像一根串联维吾尔民俗文化的珍珠项链。这根珠链，甚至也和一些维吾尔民族的经济形态，依存并勾连。

　　在对内陆民俗的打量中，似乎不多见可以与麦西莱甫进行类比的同质欢舞形式。而另一方面，麦西莱甫又并非一个大满贯式的综合载体。本质上，它仍是一个歌舞性的群欢派对。即便麦西莱甫或发端于远古的祭祀仪式，但其群欢框架的纯粹，连同维吾尔人对载歌载舞的偏爱，使它作为一种活体民俗，得以千古流传。

当艾娣雅博士遍走天山两麓，以本民族后人的亲切姿态，采访实录掌握了大量一手资料，再辅以她本人留学海外时获得的人类学眼光，由此提炼而出的学术发现，以及对麦西莱甫今昔的细腻描述，让我触摸到维吾尔人血液里的火烫温度，以及维吾尔人独具的性格魅力。

千百年来，多门类艺术家和艺人，生动融合于麦西莱甫一门，他们得到了维吾尔人的钦慕。人们也以参与此业为荣。有相当比例的维吾尔草根传承者，最初的参与，并非出于温饱理由，而是因为热爱与光荣。

麦西莱甫，这种歌舞群欢，除了满足形形色色的庆典之需，它还将人际的失和、龃龉和各类纠纷，以派对的手段来消弭，并就此达成某种和解约定，形成文书约束。这一切，让我看到了维吾尔人独有的人性奔放、生存机智、歌舞激情，以及对祥和的高度关切。

在我眼里，麦西莱甫还含有一种深刻的部落式温情。作为一种草根文化的传统习俗，这一形式的生存能力，其坚韧性一如泥土和草木。

麦西莱甫，对于我这样的内陆城中人而言，越接近就越艳羡。

麦西莱甫，有千姿百态的前缀主题。从婚礼麦西莱甫，丰收麦西莱甫，初雪麦西莱甫，道歉麦西莱甫，到和解麦西莱甫，多达上百种。不管什么主题，当用优质桑木制作的、两根琴弦的都塔尔响起，当热瓦甫响起，当手鼓响起，当男女齐唱响起，所有在现场的人，都定将沉浸于生之欢乐，并沐浴着一种平等尊重的暖阳。在男女舞者或刚劲或妩媚的肢体语言里，包括丑角的诙谐串场，麦西莱甫无论在田间或殿堂，都营造了维吾尔人庆祝生之伟大的壮景。

　　此时此刻，南疆阿瓦提县麦西莱甫舞者的手鼓，砰砰的每一击，都打在我心上。那鼓边的金属片闪闪发亮，配合女人的裙裾俏丽飞扬。即便不在现场，已经足以让我热泪盈眶。

　　我将再度阅读艾娣雅博士的学术著作《一位人类学者视野中的麦西莱甫》，以汲取更多理性的营养。谢谢艾娣雅·买买提博士的学术劳动，谢谢维吾尔人的麦西莱甫。

读女人

阿馨，是一名自缢于上世纪末的市井女人。小说中，她出现的起始时间，大约在五十年代初。

阿馨甘愿做他人外室，并将褓褓中的玲珑女儿送于路人，致使骨肉永世分离。她和老情人二十年后激情再遇，六十岁的她，因大出血，从欢床直接被抬上病床。阿馨的种种做派，在上海坊间，大有可能被奚落成"13点"。如果借用不少市民一辈子用得最多的一组字眼"格算不格算"，去观察阿馨，她活得真正是不太格算的。这也是本埠市民，很可能做出的集体评语。

阿馨是作家唐颖长篇新作《家肴》中的主角之一。作家唐颖因关注阿馨，引起我的关注。以本人有限的阅读来看，阿馨这样的女人，作为长篇小说的重要人物登场，并不多见。这种取样和呈现本身，已经是一种世情趣味、价值态度和文学创造了。

更值得庆幸的是，小说没有将阿馨归档为一个阶层的代表或一种性格的模型，然后拼装一番。小说借助颇有心灵炙烤感的故事桥段，以简朴的行文，还原了阿馨的气血。将这个身世悲凉的女性，处理得既富有个别化的魅力，又具有多重人性内核的看点。最要紧的是，作家手持长杆，鬼使神差地挑落了一块尘封布幔，露出了一个极少透光的窗口。在这一突然出现的视野里，我们看到了一种现象，原来女人的情爱状态，不与过多的社会意识形态纠缠，只将它本身的丰饶，像花瓣一样片片轻剥，就足够撩人、生动、凄美，甚至震撼了。而小说中，可以置信的行为逻辑和独特的世情向度，是阿馨这个人物具有阅读新意的基本依托。

阿馨是一位如火决绝，又兼具多面性的街坊女人。面对刑满后的旧情人倪元鸿，她几乎忘了自己有夫之妇的身份，日换三车，每天从浦东折腾到七宝的农舍，来伺候、陪伴暂栖此处的这位略有老态的男人。即便元鸿因状态及心境的双重衰劣，对她时有貌似居高临下的轻慢，她依然身段矮矮，仍不失早年被这个男人征服后的一种买账姿态。她对他的好，是和盘托出的，是毫无保留的，是命中注定要熬尽苦心来制作的。无论是一份南货或几样糕点，精挑细选中，满含着她巴望旧情人好起来的心心念念，满含着她巴望旧情人多一点对自己的关切。和元鸿的性爱，她又是欲火焚身般地喜欢。重逢于漏风板墙之中的他们，总是让我想到双蛇纠缠的激烈，并忘了去质疑他们还有没有这样的缠斗之力。令人刮目相看的是，在她对元鸿重燃的热烈中，看不到把性爱当作劳动的痕迹，除了欢愉以外，没有丝毫功利谋求。她是一条滚烫的母蛇。

然而，在这个女人的档案中，又有过把男女私情，当作某种筹码去交换的记录。每遇现实难题，她绝不是下不了手去的彷徨女人。比如，早年她的同居情人元鸿甫一入狱，阿馨为了自己的未来不受孩子羁绊，硬生生地把刚从自己身上生下不久的小生命送了人，此处没有多少母性的哀痛。再比如，重回单身后，在夜校发现一名可以给她的生活带来改良的单身教师，她就毫不吃素地把自己嫁给了这位瘦弱的男人，同样路数干净。在极为简单的"瘦弱"这两个字中，我相信作家为读者是安排了层次丰富的游戏空间的。至于你能玩到第几层，这将由你的人生经验和悟性来决定。

那么，前后的故事桥段中，是什么不一样了，而使她判若两人？以初中程度的数学手段，略加梳理后可以发现，这些不同时段的戏文中，唯一不能被合并的特别代数项，就是真情，就是当阿馨一旦遭遇男女真情。只要她命中的那个男人出现，她的日子就顿然热烈起来。她立即就成了一个不管不顾，去满足情爱的女人；她立即就成了一个日夜想着被那个男人依赖、重看，并绝不可被替代的女人。那一刻，她还是她，只不过是一个被点燃的她。

小说中，阿馨对元鸿的百般迎合，或许让人隐约看到一点奴性并暗生诧异。这种无保留的付出，该不该被列入奴性范畴，见仁见智。爱中的阿馨，在情人身上施出的所有行为，其强度离她可以承载的极限，还很远。前提是，一旦她被征服。

此外，在另一种情景之下，也就是在无爱无欢的平静日子里，阿馨又是一位深谙利益交换技术的庸常女人。也许，绝大多数男人一生中，都碰不到一个阿馨，她奇妙的复合化，绝不多见。她既可以为男女私情欲火焚身，她又可以像一名戴着袖套的老会计，终日在拨弄算盘计较盈亏，以一种中性冷漠，交易岁月。

小说中，作家让色差很大的两朵故事之花，并蒂绽放在阿馨一人身上，十分耐看，也流露了作家本人世事洞明的老到。

情人元鸿，曾也是男人中的硬货。落魄无路，正祈求有神秘之力，助自己咸鱼翻身。面对阿馨爱意盈盈的体恤，他有点心不在焉。硬货实已难硬，做人变得酸溜溜、潮叽叽、怪兮兮，处处吃瘪。阿馨旧情复燃之下的所有温婉施与，在元鸿那里都变成了对他丢魂落魄现状的鸣锣提醒，再加上阿馨的存在，对他改变咸鱼状态，无济于事。他状如城门失火，亟待大雨倾盆，而阿馨捧出的是忘情之水，涓涓潺潺，滴滴答答。

元鸿对阿馨的不以为然，是一种野蛮，也是元鸿一生充满败相的重大根源之一。他急切，短视，辣手利己，解放不下任何纠结，擅长巧借危船渡河。他的敏锐加投机，会让他在某个片刻尝一尝飞黄腾达，但他的致命缺陷，拖拉他走向深渊的力度总是更大。烦躁至极的人生败落者，面对阿馨这样的女人，除了逃之夭夭，别无选择。

我很欣赏唐颖没有因为偏爱阿馨，就把阿馨写成一个无所不能的智慧女人。小说中可以发现，阿馨的悟性和智能，是罩不住元鸿的。她从来都没有能力，准确地阅读自己深爱着的这个男人。

阿馨像一只细小钉螺，把枯叶当作眠床，再激烈的警示，都影响不了她及时地享受欢情。

市面上，总有这样一些不可理喻的状况，不少极具风韵的女人，她们并不惧怕男人薄情寡义，却怕你不够犀利率性而迷不住她。是不是只有这类品相的男性，才有一种释放勾魂香氛的能力，致使一些器官灵敏的女人欲罢不能？

元鸿的多次不告而别，被阿馨误读之后，放大了伤害，这为她后来饱受抑郁症的困扰，埋下了病灶。生命的最后时刻，仿佛又轮到阿馨来性情公演。她割除病苦的方式，仍旧是一以贯之的决绝，那就是主动放弃生命。在我眼里，她的这种了断，不是抑郁症患者的必选，更像是一种性格宿命，更像是历经命运多舛之后，一个人真正实现了对自己的彻底控制。

如果有人说，人的一生不论贵贱，只是参与了几幕演出，只不过既做观众、又当演职人员。也有的人以为，自己的一生，一直在做聪明的交易。是吗？其实也还是一次演出，只不过演出的内容是交易罢了，或扮演个军火商，或卖一卖茶叶蛋而已。那些自恋者的幡然醒悟，一般要等到谢幕。那时可能会明白一点，什么才是真正的格算了。关于诸如此类的说法，如果请教阿馨，她的回答会不会是：我不知道，我真的不知道？

很荣幸，借一册小说，日夜尾随阿馨渐渐老去。既观摩了她整个生命周期的幸与不幸，又能被触动而时时反躬自省。我们尾随阿馨的时候，也完成了对自己的一次尾随。阿馨这个人物的新颖呈现，是对文学记录的一次刷新。抚卷难别，不觉间，内心已涌动起对作家的赞赏。

被抢的帽子

关于帽子，我总是不能忘记三件事。无论是否存在某种隐喻，它们至少可以算作我成长史上，有影响力的几个节点。

哥哥长我六岁，在大家都还是童少时期，常是不带我玩的。多次，我像膏药一样贴上去，欲强行加入，均遭驱赶。儿童被少年拒绝入伙，其胸闷的强度，相当于后来失恋的三四分之一，或是有的。

1967年某个周日下午，和我哥一起去翼风模型商店的，不是我，而是他的一个同学。他俩从江阴路的一条弄堂进入，正向南京西路穿行，从斜刺里冲出两名年龄相仿的少年，以惯犯式的老练，抢走了他俩头上的军帽。抢劫者已不见踪影，他俩仍在原地，并微微颤抖。

稍后，让他俩感到羞耻的是，他俩放大了地形陌生的风险，无任何行动，仅仇苦地对视了一眼。也只有当事人自己清楚，放弃追击，究竟是出于理智，还是胆怯。走进家门时，他俩是沮丧的。马虎的判断者，以为他俩是在肉痛失去的两顶帽子。而真相是，一个突发事件，让他俩第一次看见了自己的懦弱。面对强势之恶的羞辱，冠冕堂皇的道德批判，不会是那个年代少年真实的内心反应。而男性力量对峙，落了下风，才是彼时之痛。那个年代，以及那个年纪，敬重人性中的战力，并不在乎你是否具有烟纸店老板的算度。如果，那次他俩拔脚追击，在陌生地盘遭人痛殴；人们会说，俩哥们胆量还是有的。这样，失去的帽子，反而成就了他们的名声。

七岁的我，在本次事端中发现，恶居然占了优势，极难过。我的人生之窗，像是首次被人以毫不掩饰的卑劣方式，打碎了一块玻璃。

此前，作为稚童，顶多体验过父亲的动粗，尽管这也是恃强凌弱，但这不至于让我联想到恶。通常，父亲气头过了，让你坐在他的膝盖上；并说，打你是为了你好；再弄一个桃子或梨子给你，它们和眼泪鼻涕一起进入我的口中时，我隐约能明白，自己正被成年人摆弄于股掌。血缘的力量，确实对父子怨恨形成天然对冲，外加被三花两花，我还是忘了刚才的伤害，成全父亲，一举抹平了他动粗后的内疚。

这次不同，有种想替兄长去报仇的冲动。很多年以后，一位当过西双版纳知青的好友告诉我，当年，他曾被四五个人暴打过，调养了十天后，两只脚一落地，他突然意识到，再次站起来的，已经是另外一个人了。

恶，对原生的天真和爱，是嚣张的吞噬。每遭遇一次恶，天性中的善良，就可能脱落一块。

有了1967年的这个印记，七年后另一状况突发时，我有些纠结。

从 1974 年夏季的某一天起，我家正对面复兴公园水泥围墙的顶端，很多年轻人像鸟一样停在上面。他们在等待一个安全间隙，避开纠察视线，从墙顶向内一跃，就自行免去了入园门票。

我和一些悠闲青年，在家门前，隔着高大梧桐庇荫下的复兴中路，观摩这个怪异的画面。有位三十岁左右的大哥，对一位比我大六七岁、已有职业的朋友说，喂，帮我去弄一顶军帽吧。我虽不认同，但轮不到我出来制止。于是，我就等同站在同一阵线中了。

我姑且称呼那位前去执行不光彩任务的兄长，叫张健吧。眨眼，他已经腿朝外，坐在两米高的公园外墙顶上，和旁边一位兄弟搭讪了，两人又大笑起来。那人的脑袋上，自然是有一顶军帽的。

我们屏息静气地站着，发现张健下手的动作，是个极狡猾的谋划。当那兄弟往公园内跳去的刹那，他头上的那顶军帽，已被张健拎在手里了。我们在等着那个丢了帽子的人，复从墙内爬上并露出一张愤怒的脸；但没有，不排除此刻在墙内，他正苦命地被纠察摁住。

张健的行为，无论在当时和现在，都不可原谅；我再纠结，也不至于为他的行为开脱。但我很难不去回味他出手的那一刻，及另一个清晰的画面：张健从墙上跃下，拎着军帽欲穿行马路，1974 年的一辆辆车，在他面前开过。他镇定地等着，根本不向身后看一眼。

以后，我想起张健，这样一个不受道德掣肘，又具有超常行动能力的人，在这个充满机遇和变数的时代，他的人格及禀赋，会给他带来些什么？他将被岁月如何搓揉？他又会有一个怎样的终局？

近五十年过去，再无他的消息。

1984年，我大学毕业已有两年。过去，我从不戴帽子；但这一天，我戴了一顶普通的棒球帽，前去和二十位在沪同班同学茶聚。

老宋，是老三届，长我十二岁，早早谢了顶。他倒不会把最后一绺头发，极珍视地从头顶左侧搭至右侧。平时，他和我们几个从中学直接考入的应届生，没大没小，关系融洽。老宋倒也并非什么都不在乎，比如下围棋时，求胜的亢奋，会让他的双手微弱痉挛，且始终冰冷而潮湿。他绝不允许你悔棋，会把你的手，死死摁在棋盘上。

那天的茶聚，形式自由。分别两年，同学间很亲热。有一个人，像一头饥饿的美洲豹一般，蹑手蹑脚，从我的背后扑来，一把抢走了我的帽子，瞅了一下我的脑袋后，又盖上了。

这个偷袭者，就是老宋。

看来，老宋不认为，我戴帽子是为了扮酷或保温，而是在遮蔽什么。事实证明，我还没有来得及谢顶。老宋当众失手，略有尴尬，又大大方方地笑了，也不做任何解释。剧本虽不完整，但老宋收场的从容，我还是要模仿的。

老宋的偷袭，是一次以己度人的猜谜，一次恶作剧式的揭短，一次下意识的自我平衡，也是一次对生理公平的变相申诉。若能预料到他会来这一手，我真的会提前把头发刮净。当帽子揭开，会有个莎士比亚式的头型在等着老宋，估计他会倒吸一口冷气。这个效果，比他仅尴尬一笑，要精彩得多。这也为在座老同学制造一个别致记忆。

无论我哥、张健、老宋和我，若从最后那天回看一生，不就是一些记忆碎片吗？

三十八年又过去了。七十多岁的老宋，已从上海城中搬去长江岸边的乡野，与河豚和白鹭比邻而居，安享返璞归真。

老宋已邀我去小住，我很期待。去时，我仍会戴着一顶帽子的。

底线之舞

很多男人，遭遇过让自己敬畏的强者，这类强者可能是有惊人之举的女性。就像有尖刀飞来，你发现挡住刀锋继续飞行的，不是男性，而是女人的柔软身体。

我的朋友斯兵石，1990年去悉尼前，成就已载入中国前卫艺术的档案。我对他的钦慕，并没有因为他在悉尼更多呈现了天才的背面，而有所降低。

那个时候，我们一群人常呼啸而至某个家庭欢聚，东道主是轮流的。临近散场，主人家除泰国香米以外，可以食用的，都被分装进我们的胃里，烟酒自然早已不剩。大家把烟头中没有燃透的烟丝，再剥剔出来，撕下《悉尼晨锋报》，卷起来复吸，有点接近新疆莫合烟的意思。那刺啦刺啦撕报纸的声响，和斯美塔那的著名乐章重叠，此刻又在我耳畔回响了。谁是真正的苦难者吗？其实谁都算不上。

兵石心情不好，酒后，常会一个人跑到院子里，用一根红色橡皮管，朝星空久久喷水。水在一轮新月下折返，呈亮点散落他身上。祈雨，还是模拟人工抗旱，无人关切，但勾起了不痛快，是一定的。那次，我离开兵石的家，回家躺下已是午夜。

突然，一蓬奇怪的悲悯油然而生，我有了一个冲动，希望让自己的兄弟舒心一次。他是抽着烟屁股里的烟丝睡去的，我想在他起夜之时，奇妙地看见一包簇新的纸烟，我开车重返兵石家。门大敞着，他嘹亮地打着呼噜，嘴边沾着报纸的黑色油墨。我把从加油站买的两包烟，放在他的床头，心里也为自己的举动感到美好。

这篇文字的另一个主角，是兵石当时的女友，枣。在认识兵石之前，她曾爱上过一个被京城舆论视作胡同混混的另类青年。二十岁的枣，因他而放弃了医科生的学业，在婴儿刚过周岁的时候，兵石宿命般出现于她的面前，才华横溢，英气逼人，却一贫如洗。枣决绝地结束了刚刚构建的安稳生活，跟着兵石，志士般踏上了他们的情感苦旅。几年后，他们双双来到了悉尼。

大陆艺术家在海外的窘迫，莫过于一开始被主流意识形态的忽略。他们内心的尖端艺术家感，日渐脱落。骄人的履历，把他们眼下的人生亮度，衬得晦暗。多种人际关系伴着烦闷和酒腥烟苦而恶化。他们的配偶，成为最后一堵脆弱的防火墙。

兵石和枣还是决定分手，但枣却发现有了身孕。

正当枣和兵石的生活塌陷于窘迫，北京诞生了一位豪杰，不少人以九十年代的眼光，仰望着他。这个人，就是当年从胡同里诞生的另类青年。

枣离开另类青年之后的某一年，那是八十年代初，另类青年抱着为沧州一家烟花爆竹厂代售产品后的 20 万元，去沧州缴款并补货。在不远处，他目睹了那家工厂，在火光冲天的爆炸后，化为废墟。面对像假的一样的真实，这位草根勇士抱着20万元人民币，颤抖了。这一大摞仿佛含着天机的纸币，成就了他荣耀的后来。

枣第一次重返北京省亲，已是1994年秋天。一辆房车，情报准确地停留在首都机场停机坪。虽觉蹊跷，枣还是低头走进秘书为她恭恭敬敬拉开的车门。秘书对枣说，某总安排明天和你见面。

第二天，在长安街的一个办公空间，早年的另类青年开门见山地对枣说，不管怎么着，你是我儿子的母亲，现在你和斯兵石也有了孩子，你们的状况，我一清二楚。我想划给你一笔钱，你在北京看看有什么事好做，就做吧，别再浪费时间了。

枣心里一动。她的接受与否，涉及两个男人，分别是她的两个孩子的父亲。作为一个正有点挣扎感的母亲，本来就在期盼脱离穷困的压抑。远在悉尼的兵石，表现得有点抽离，不过问，没态度。

不再年少的枣，深谙兵石的心迹。她也懂得，可怕的贫困和孩子的未来，让她别无选择。她心中有一丝苦笑，这么多年了，另类青年居然一直静候着机会，来缝补尊严上的一块残破。枣意识到，两个男人的尊严对决，已无法避免，有一个人，会因她的选择，被迫领受一根嵌入灵魂的芒刺。

枣面对自己第一个孩子的父亲，思忖着自己第二个孩子的父亲，她有了一个决定，一个看上去并不是和兵石共同商定的决定。

再次出现在另类青年某总的办公桌前，枣的脸上找不到羞愧难当、渴望谅解和无尽感激。

另类青年某总，用一支古色古香的蘸水笔，开始填写支票。当年的枣，曾嘲笑过他字迹幼稚，所以此刻某总格外缓慢地写着那几个阿拉伯数字，并低着头对枣说道：今天，你总可以为当年离开我，说一声 sorry 了吧？另类青年某总，用两截手指，抵着支票推向枣，但他抬头看到的，却是枣扬长而去的脊背，随她而来的香水余息，还未尽数跟去。

枣的行为，有一种难得的样本性。困境中，脚步不乱谈何容易。我原以为，人若身处底线，多半只剩被人轻慢的狼狈，而枣的绝地反杀，是天性。这类人，他们会一直陷于困顿吗？我想，起码，他们不会降低对自己的尊重，即便因为别的缺陷，使他们起伏于这样那样的底线。

罗伊，你为何选择安葬于此？

英国摄影家许晓浪先生拍摄的一幅苏格兰高地的画面，是枭雄罗伯特·罗伊·麦克格雷格的安葬之地。这位名震四方的强人，1712年开始打家劫舍，1722年被捕入刑，晚年皈依天主教。

这幅照片中，冰清玉洁的靛蓝，是我在万种光色中的首爱；加上皑皑白雪，对山峦轮廓的刚劲勾勒，一个幻境，以它的圣性，直抵心灵的至柔缝隙，撩动了花甲之年的我。

这里，是一个嗜血者为自己选择的灵魂归宿，这个魔头和我之间，或许在人性的某个幽闭之处，存有极为纤弱的类似。相信，那是彼我禀赋中良善因子的一次偶合；尽管他是枭雄，而我不是。

当我看到这张图片和它的注脚，总觉得有若干异样，悬压而至。我在资料中读到，杀人如麻的罗伯特·罗伊，淋洗了血迹斑斑的双手，用亚麻白布擦拭干净后，还是皈依了宗教。

再细看一眼这片安葬强人的雪封之所，似有雾化的冰寒在浮游，说道不清的妖冶、高阔、通透、澄澈、阴丽和静谧，汇叠在一起，令过往的旅人无法安然。

抑或，作为生者，在一定程度上，我们和这位苏格兰先人的魂魄发生了神会，以至于我们心动幽幽，并难以述说。

读张辛欣《此时，我拼接，撕碎的张洁》

亚特兰大的太阳穿过树桠，斑驳落地。张辛欣已经一个多月没有碰米饭，她喝着小米粥，弄写这些文字。她的胃部或身体其他脏器，显然有恙。然而，她的语句一如鞭笞，又仿若铁镐，再三洞穿着已被她洞穿过的记忆之墙，泥灰泻落。

或许，我们原是知道一点女人间的心思阴凉，但被她剜下并摆放在你面前时，那些赤裸裸的解读，旋即惊世骇俗。她的真挚，像是超越了回望中的褒贬。那种向度的拓展，使生命哲学因深邃而冷艳。

揪心的对手感，总会叫人踏过体谅，试图去重建一种平衡。敌意，也是不能忘记的。它是人类常见的情感划痕，一般不被多提。在某些时刻，略去了这种最特别、最浓烈的交集，等同失忆般的回忆，或也无趣。只是，当这种历史旁白，黯淡了他人，难免就有揭短的嫌疑。其实，无论说得有多难堪，都是比溢美之言更有分量的肯定。只不过，是在念念不忘之中的畸形漏现。

一个心大的人，总会发现，有另一个人占据了她想要的那个圆心。或者，只因被人占了，才益发看重。她宁可不去占据

163

另一个圆心，也要恋恋游弋在这个圆周之内。短刀的锋刃，虽静于鞘中，但刀柄还是被握出了汗的。她本可以一言不发，让万马走过，只在心中有音；做不到。做不到的，才是真人。有时，或做得还不如一个左思右忖的小人周至。

请亲爱的张辛欣女士慢慢喝粥吧，或许不到喝粥的垂弱时分，便写不出这样的文字。

谨向两位因文学而令人尊敬的张女士致礼。

阿张让我再等等

两年前，阿张在海军医院走的时候，是个秋日。午后的阳光，落在刚刚离世的阿张脸上。没有人忍心将他鼻端的氧气管除去，我们围床注视着他。

护工说，请上来两位男人。同学海波托住阿张头部，我俯身抱住阿张穿着新皮鞋的双腿，有42码字样的鞋底，抵住我的胸口。两名护工分立两侧。

上午，阿张肺功能迅速坏死，呼吸难上加难。而此刻，阿张已经永远不需要令他无比痛苦的呼吸了。刚过六十的他，身体沉沉，听凭摆布。四个男人托起他，轻轻移入一只浅色的无纺布袋中。尼龙拉链缓缓拉上，吱吱叫着，声音似曾相识，阿张的一生就此关闭。心痛，让我意识错乱，瞬间幻觉，躺在那只布袋中的人，像是我。又通灵般清澈了，记起拉链的吱吱响，正是老鼠行动时的叫声。

待回过神，我已跟着队伍在走。前导，是四轮担架上那只沉默的浅色布袋。

1975年，阿张在向明中学附近几乎家喻户晓。斗殴校园，他追敌几十米的脚步声，吓白了女同学的脸。当年，说他是问题少年，他确实从工读学校出来，中学两年级时成为我的同学；说他是懵懂之人，当时他不过就十四五岁。

几年前，分别四十余年后，中学同学鬼使神差地开始聚会。记得 1978 年毕业庆典时，各班考入大学的形成一堆，其余的又是一帮。包括去拍照留念，也是这样自动分档。很奇怪，一俟走入花甲，却又像什锦糖一样类聚。看得上的、谈得来的，就成一伙，完全忽略社会角色。从一级教授、留洋科学家、当年的红团团长、演员、精神疾病专家，到拉面馆业主、物业保安、殡葬小店老板、当年的工读学生、差头司机，齐聚一处。

我们和阿张等十人，在朋友开的小酒馆，喝过一次酒，特别愉快。出席者的经历，都色彩缤纷，个人化强烈。隔行聊天，都觉得长知识。

这些十四岁就相熟的同学，有些人早已出人头地。好玩的是，大家一点都没有忽视十四岁时，男同学间自然形成的尊卑排序。少年时的座次，以最不容他人欺负者为最大；不计背景、不计贫富、不计功课优劣。阿张这样的，当年真的拥有最大的话语权，这是那个年代的实情。

今日的老同学，极给阿张面子，对其恭敬有加。所有人，都不在乎他是社保低保者，反而从他身上读到了走过山山水水后的持重。而阿张也明白放在时下的秤上，自己的斤两。只是，休眠了几十年的心理优势，条件反射般地苏醒了。阿张感受奇妙，又克制着旧日的嚣张。这种收敛，并没给他带来压抑，反倒像看见舞台上的走位标记，沿着指引，阿张在老同学面前，又成了一个格局大而调子低的厚重人物。大家都在说，阿张在三教九流层面的阅历，不是读了几本书的人，就可同日而语。

阿张确实遭遇了种种历练，底色上，多了明智、通达和乐于成全。这些色彩，在扶摇直上的同学身上，不一定就能见到。不同的江湖，催生不同的羽毛，只有差异，莫辨高低。

宴席在深夜散了，阿张想尽快重复当日的快乐，在近期原人原地，再聚一次，由他做东。我觉得时间接得近了，尽管阿张做得隐蔽，但还是能看出他的拮据。平常，你会碰到有人突然从口袋摸出很厚一沓现金，抢着买单。如果每回如此，或是偏好；而七八里有一，常是进项不太稳定，又想得到些体面，阿张即是后者。此外，他有时带着两包不同的烟，好一点的用以待客。这些也是我建议押后的第二原因。阿张想请客的小小愿望，因我的好意而落空。此刻想来，不无伤感，所有好事，应趁早才是。

这些年，阿张在市面上的角色，比平常还要平常。有过起伏的落寞者，在家庭中常是阴郁而敏感之人。或许，有的丈夫，可以在重大关头为夫人降伏一头猛虎，但平日里，自己又是老婆身上的五只蚂蚁，不见得致命，却令家人烦透烦透。阿张已经没了打虎的本事，但他绝不是敏于计较的蚂蚁。他平时对亲人的周到和豁达，应是优于同辈的。虽没有直接依据，但从两个细节中可以推想。

阿张去世前的那天上午，人已无法躺平，呼吸极困难，唾液垂落不断。除他太太以外，我瞥见他太太的两个妹妹，一直在为姐夫擦净嘴角。平时让人不屑者，怕是很难领取到这种关爱的吧。在阿张大殓时，他太太和前夫所生之女，代表家人致答谢词。在很多处，她含泪称阿张为我的爸爸、我的爸爸，听得我心颤。可以想象这个继父的日常行为，是得到这个女儿敬重的。不曾想到，少时无比凶狠的阿张，后来做儿子、丈夫、女婿和继父这几个角色时，能优良到这等级别。

当然，阿张也有几十年来未变的地方。

想从他的脸上读到温和，还是件难事。秽语的频繁和炸耳，依然不失过去的水准。有一次，在露天喝咖啡。我说，我们都六十岁的人了，骂爹骂娘的话，起码要少一点吧。阿张凶恶地朝我翻了一下眼珠，说，啥意思，教训我啰。

我以为，这个阿张，还是碰不得。没想到他接着说，兄弟，对不起。到这把年纪，好坏，还是懂的。过去，我一直一勺一勺喝咖啡。突然，有个女人对我说，朋友，只有脑子被枪打过的人，才这样喝咖啡的。这种话，听起来比骂娘还难听，我真想把桌子给掀了。但就凭这句话，我娶她做了老婆。兄弟，我答应你，试试看好吗?

不常见面，少了提醒，阿张的修正尚无起色。他只有一套表达情绪的语词，也清楚极不上台面。长年以来，一瞪眼，嘴里早已自动弹出污言。几次见到阿张，他总是说，兄弟，这件事我是上心的，我会多多少少弄得清爽一些的。

现在真的是清爽了，连他的人，都弄得不见了。

77 届的中学生大多肖鼠，我总觉得，那个尸袋拉链，发出老鼠般的吱吱叫声，是阿张在临行前对我说，他答应的事，没来得及完成，让我再等等。

《长津湖》的遗憾

电影《长津湖》，在时有瑕疵的情况下，依然给观众带来视觉冲击，可见本片核心内容，所产生的艺术感染力是强大的。士兵群像的塑造，战斗环境环节的设计，模拟美军的逼真，多位好演员的表现，都给中国电影的战争片创作带来了新意。

我很愿意赞赏，献给演员段奕宏在片中的一个眼神。面对俯冲的美军飞机，老兵段奕宏的眼睛里，充满对先进军事装备的惊恐，但这不改他依然舍命而战。这种符合军事史实和士兵人性的演绎，带出了很高的艺术境界。这和老排长雷公临死前说，疼死了，别把我一个人留在这里。这是本片艺术真实最高境界的两个教科书般的范例，也是两位杰出演员对本片精彩度的个人贡献。

长津湖之战，为了等候战机，伏击的一个连士兵群体性冻亡。这个战争史例，因为动作性的限制，更适合以纪录片的样式来呈现。我想，本故事片的策划者，最初或许考虑过，以杨根思连的战斗实例为全片结构框架。但这样谋局，也难。要么走入英雄传记模式而使长津湖伏击的描述较难和另一个连级的战斗任务归拢，故事动线也不够丰富。于是，本片虚构了三兄弟参战的情节，搭建了可以横纵向经营的电影事件，并辅以宋时轮任司令的第九兵团，从山东匆忙入朝参战作为风云渲染，最后在片尾再凸显兵团级别战役的一个特殊环节，即长津湖伏击的群体性被冻牺牲。这些都是可以理解的台本策划。遗憾的是，本片虚构部分反而具有相当的生活实感，当电影来到全片之眼——长津湖伏击的片段处，或许是一种太想讴歌英雄的意图，让画面出现了完全脱离常识的情景。我们看到已经冻死的士兵全体端着武器，他们以严阵以待的姿势神态，失去了生命体征。我很想听听医学专家，如何描述人在冻饿至死后的形体姿态。他们会如何评价本片中，牺牲士兵的体态处理。

我以为，电影《冰山上的来客》，同样描述了一位冻亡的士兵，但他的身体后背有实体依靠，所以受冻而死后依然持站姿，似有几分合理。而电影《长津湖》，是伏击中的士兵，他们身体的姿态本应极为隐蔽，不应明显高于地面而在军用望远镜中形状鲜明。在设伏之处，他们与冰雪相融更合理一些。此外，我相信在失去生命体征前，应该先失去意识及意志，所有用力的肌肉会自然松懈。战士们伏击姿态的原状会发生改变，不少人应出现身体倒伏或头部垂落，甚至枪械从手中脱落。我们打个瞌睡都坐立不稳，不要说休克后，还要求士兵们以标准姿态举枪视前，眼神里满是观察。

我以为，现在影片中，冻亡士兵们那种刚毅的造型感，那种人民英雄纪念碑式的雕塑感，以及他们没有受到冰雪覆盖，这一切是严重失真的，是经不起推敲的，是对艺术真实不够敬畏。

如果，我们把这些虚假的端着的美术化的英雄化的处理去掉，让画面尽可能接近逼真，真实呈现那些冰雪之下自然崩溃的人体姿态，真实呈现那些在生命最后刹那的下意识动作，以及真实呈现他们全体基本被冰雪覆盖的恶劣状态，那将产生多么震撼灵魂的感染力。影片目前的处理，让我欲哭无泪，不是为英雄哭泣，而是为错失一次完美弘扬民族战神的机遇伤心。这段史料已经解密很久，第九兵团长津湖一役，牺牲近八千名，冻伤三万名，冻亡的人数以百计。本片竟没有胆识将这个数量级别以画面展示出来，观众模模糊糊看见了约三十名战士冻亡于战位。我真的为编导和审片难过，那种地方的把关缺失了，让一部好片撕开了一个漏洞，艺术分数在这里流失。

还有一个不合理的情节安排，排长雷公牺牲在徒弟的怀抱，这位徒弟就是片中的连长。连长悲恸地从雷公的身边走开，到这里都没有出问题。那么，连长去干什么了？连长的怀里一直有一个小本子，写着全连每一个战士生卒时间，他跑去一边坐定，拿出那个小本子，立即把雷公的名字，从生者中划去，并痛不欲生。这个煽情，真是有空啊！实在不合逻辑。敌机还在头上盘旋，子弹仍在横飞，如父如兄的雷公身体还有余温，正常的情况下，是绝不会在这个当口去处理名单的。如果情深似海的话，也舍不得那么快就将排长雷公归入阵亡名单。这种处理，又能煽乎出什么情分来？把好演员的表演都搭进去一起糟蹋了。

另有一处，排长雷公对新兵说，你要让你的敌人尊敬你。这哪像是入朝作战时期一个老兵说的话，这是 21 世纪军事史学家的语言，或者是《长津湖》剧作家自己的语言。

当电影中那位美军将军，举手向冻死的中国士兵敬礼的时候，我原先希望向编导们致敬的手，却很不听话地举不起来。坦白说，我宁愿是我过于苛刻了。我宁愿相当数量的观众，并不认同我的看法，认为编导们的处理，比我的意见更合理。因为，长津湖畔英雄们死得那么安静、那么安静。最起码，我们首先应恭敬而认真地还原他们，以此作为对埋伏了整整六天六夜的 129 名冻亡士兵的垂泪纪念，而不是别的。

殉国长津湖的勇士们，请接受我深深的鞠躬。

不能将就

人们或许知道，全国范围的普通家庭装修，在隐性紧固件的安装上，不规范的施工现象非常普遍。卸下前置主件或各色光鲜的面板，人们会发现，施工者不按设计要求，硬是在墙体上少钻几个孔、少拧几个螺丝的，不是少数。这种蒙混普遍化，信任缺失，跟着也就普遍化了。甲行业以这样的方式偷工减料，乙行业又以那样的方式忘义逐利；这类劣行泛滥的代价，莫过于全社会的行事标准一降再降，降到陌生人之间无法彼此信任的地步。

一个电器坏了，我请指定维修商派员上门检修。小师傅，套了鞋套进门，大卸八块后说，电脑主板坏了，材料加人工费，共计600元，修吗？我说，修的，贵公司研究院的总工是熟人，他让我修完后，给坏损部件拍个照片，供他研究。小师傅一愣，说，让我再看看吧。一分钟后，他对我说，哎呀，对不起，一个电容坏了。我问，现在全部费用多少？他说，20元。

要点，不是从600元骤变20元，而是因为上过当，我选择了用雕虫小技，来对付欺骗。其实，我连哭的心都有，为我、为那位小师傅、为行业风气、为做一个诚实人的两难。

我曾在浦东打工，主理过一个建筑项目。一次召开采购会议，中途，去洗手间。那是只有一个抽水马桶，不分使用者性别的小洗手间。等一位供应商老总用完，我进去了，发现他根本没把马桶的坐圈掀起来，就用了。我当即决定，不和根本不顾他人利益的人合作；不和只要没人看见，什么事都敢做的人合作。本次，我是采购方，这样做不难；下次，甲乙方关系是相反的，又该怎么办？

在拥挤处行走，常有城市市民不自觉地用手推搡前人。更严重的，我曾有过一次邮轮旅行，眼看同胞利己的各种丑行，倒胃口至极。大家都是从奋力攀挤公共交通工具那种时代走来的人，某些积习难改或可理解，但眼下对公共场合的行为规则彻底无视，实在是过了。我想，当发生灾难危及性命时，他们会在高楼的疏散楼梯停下脚步，让伤员和救护人员先行吗？

当你这样看问题时，有些假扮成老游击队员模样的人，会讥讽你过于天真。通常，人们怕自己解决实际问题的能力被看低，是极易受蛊惑的。在这类看似接地气的教诲里，你会发现，良知缺失者的路数，成混世王道。我以为，在这样指引下的成功，比平平淡淡，糟糕多了。

曾看见一位妈妈骑着电单车，后座带着她的女儿。女儿喝完一瓶水，妈妈拿过空瓶就抛在马路上，极为理所当然。七八岁的女儿，要去拾起那只空瓶，妈妈先没有停车，女儿哭闹后，才被放下车来。女孩倒退几十米，拾起空瓶扔进垃圾箱。我很想知道这个孩子在哪里读的小学，这所小学真的有办法，既能让孩子得到在家长那里得不到的教养，又能坚守到最后。

或许是学生时代一直打篮球的原因，我有一个习惯，路过沿街的学校，我会观察里面篮球架上的篮筐，是否中规中矩装有篮网。在过去的四五十年，篮板上伸着一个个秃秃的篮筐，似可宽宥，比如财务因素等，尤其在穷乡僻壤。其实，即便那时，小城镇学校招待来宾的一瓶白酒，是足够买很多篮网的。

对篮网残破，熟视无睹的校长，是不能赢得我的尊敬的。

打过篮球的人都明白，篮筐上没有篮网，对打球的乐趣破坏很大。进球刹那，篮球摩擦球网的脆响，以及篮球被网线瞬间紧握后的降速，都会给投篮命中者带来美妙的快感和完整感。一个普通的篮球运动员，可以把重大比赛中，自己每一个成功投掷进网的瞬间感受，留在心头，直至老死。

而无网的秃秃篮筐，每一次投篮，就会听见类似有人踢了一脚破铁门的声响，并逐渐被孩子们视为篮球运动的正常音效。正在成长中的学子们，在这样的篮架下得到的暗示是：将就是合理的，感受是空泛的，完整是多余的，凡事混一混是正当的。

无网的篮筐，在引诱下一代接受残缺、粗鄙、低标准的谋事态度。一大堆松懈不堪，包围着孩子，必将影响他们良好感受力的发育。这样的学校管理者，和那些紧固件偷工减料的施工者，是一种恶劣双簧的表演搭档。

还有更不堪的现象，那些学校沿街的篮架上，可见篮筐上的崭新篮网，而被教学楼挡住的视线后面，还有若干个篮球场，那里的篮筐常年无网。对外，是簇新篮网，接受观摩；对内，是秃秃篮筐，爱谁谁。此类弄虚，学生们是看得懂的，他们被这样虚伪的成人行径强势包围，这里还是在育人吗？

我想，那些无视规范、毫不在乎他人利益、丧失良心约束、热衷趋利作假者，或许当年就是从这样的校门里走出来的。

有朋友说，还有很多落后的地方，顾不过来这样的小事。我想，在满足温饱的前提下，教育工作有小事吗？

长期以来，有种不健康的教化带偏了不少人，以为精致、完整和美感，是非正常劳动者的所有。其实，它们与个人的秉性、感受力和行为标准有关，并不一定与人群、阶层直接紧密牵连。

我以为，盼望不常看到残破的篮网，既非翘着兰花指在不切实际的指指点点，亦非可有可无的苛责。

措词背后的态度

我本来想略带鬼祟地，好好欣赏一场女人写女人的游戏，就像坐在观众席上，看莎拉波娃分别和娜达莎、柳芭和奥利维亚打网球，尽管知道，后面三人，都是复制的莎拉波娃乔装改扮的。

在小说写作中，无论小说家设计了几个人物，无论那些人物是谁，小说家都在兜售自己的人世经验。小说家将自己的经验，分装在人物身上，那些极为个人化的生命体悟，在自觉和不自觉中变形或雾化，一般读者，很难将其剥离并还原。作者通过语言显示的各类经验，比自己的高级，读者就买账，如果还不如自己，读者就一目十行或一扔了之，连骂一句都懒得。

我本来想，读完《个人主义的孤岛》，尝试谈谈小说家个人化的经验和作品之间的媾和。但我通读了唐颖的新作后，发现自己就是那个一般的读者，跟着唐颖跑了一程后，心智有点迷乱。在这种状态下，再自以为是地要去谈谈阅读发现，多半会浮躁、空洞和无建设性。我需要时间再读两遍，去静静梳理这些很有光彩的人物，去细细回味唐颖从容安排的这个艺术饭局。我预设的套路，已经很难发力，我只能改弦更张，变成来拆解并把玩一下唐颖的措词技术。同样看了一场网球，我已不是戴着墨镜的观众，而是奔来奔去的球童，只是肚子大了一点点。

　　车门打开，小汽车里掉出一条腿，然后，一个男人的身子从车里滚出来。

　　"掉出一条腿"，从读者直接读取的信息上看，腿和身体好像是分离的，这其实是极为传神的处理。作家利用腿先于身体出车门的一个时间差，凸现了人物受伤后，虚弱至极的病态，这是一个缓的动作，后面的"然后"是不能少的一个语意呼吸，再接一个急的动作"滚出来"。这是类似电影脚本的文字安排，读者如坐影院，享受到了一缓一急的组合节奏。更要紧的是，悬念来得突然而紧凑，画面干干净净，没有一点点污里玛里。

　　他躲开明玉目光，努力起身，可是身体不争气，沉重无力，动一动便被疼痛遏止，痛得龇牙咧嘴。

　　"被疼痛遏止"，将疼痛拟人化后，读者立即不自觉地被调动了自己的病痛体验，重温那种不得不这样或那样的病苦状态，然后又退回到画面之外。

　　金玉拿出一张小报，报上刊登一幅漫画：神情恐惧的中国女人看着接生婆抱着的婴儿，那婴儿身上汗毛像动物毛，屁股后面有根小尾巴，一个小妖怪般的婴儿。长着一管大鼻子的洋人爸爸害怕地缩在角落，半只眼珠使劲斜向另一边，不敢直视自己的孩子。

眼珠，通常是不会半只半只转动的。用"半只眼珠"，是大胆强化画面给作家的第一眼冲击。这种坚决的夸张，也让读者先享用完艺术效果，然后再去讲理。作读之间，瞬间有个默契，这又是另一番趣味。

她的东方面孔，细弱的身体，害羞的样子……是白种男人想象的完美的亚洲女人，她为了拢住他，对他百依百顺，体贴照顾。

"拢"，这个动词，是进攻性的谦卑，是用鲜花去占领。我想这是大多女性作家心理仓库里，轻松就能翻出来的一块材料，作家在这里用得含义丰饶。

薄薄的瓷器，要在上面钻孔打钉，让人觉得不可思议，因此，这位"铅皮匠"修补瓷碗时，吸引更多路人围观，包括明玉。她对细致的手艺活，是有崇敬的。

我想自作聪明一下，找一个更妙的字眼代替"崇敬"，我失败了。

李桑农压低声音，她迎住他的目光，突然惊慌了。

"迎住"，这个词会不会是唐颖的首创，待考。作家用小小的气力，准准地写出了稍纵即逝的人物动态，这和精用新鲜的字词结构有关。因为少见，读者会停顿并琢磨一下，生动的效果，就在其中了。反过来，当你看到"光阴似箭"这种老旧比喻，你想都不想，脑子里就出现一个"快"字了，没有任何形象化的咀嚼。

她穿着高统套鞋，一双比她的脚大了几码的套鞋，走在雨水中发出"廊落廊落"的声音，这是店里的备用套鞋，被不同员工穿过。

套鞋在雨中"廊落廊落"，是大多数人都有过的日常体验，但用这样的字代替一般的象声词，可能是从精确拟声出发，但又生出了一层新鲜的亲近。

玛莎深深吸了一口烟，徐徐吐出，她吸烟时享受的感觉，让明玉相信，她是个很容易沉沦的人。

这是一句作家借人物拉人生经验的话，非常意味深长，容量不小。我在这句话下，驻足良久，最后还是觉得服帖，快快而去，看来要向唐颖同志学习。如果，全篇多见这样的语言，建议出单行本时，抬高书价两倍，不买，吃亏的是读者。

"你不知道吗？鬼没有脚，它们就像风刮起一张纸，飘过来飘过去的。"

明玉便笑起来，用食指点点阿小，嘲笑她：

"要死啊，就像你看到过一样。"

这是一种移植比拟，把一种完全说不清楚的东西，叠化于一种谁都见过的状态，非常精彩。我和唐颖，谁见过鬼？如此看，她的可能性大过我。

卢沟桥事变后，很快，炸弹也扔到了上海。

成功的小说语言，总是省去很多说明性的文字，但又不会造成读者解读上的意思残缺。这种省略，不仅仅简化了句子，它留出的空当，也制造了高尚的含蓄。表面上是极短的几个句子相连，假如你尝试把面前的这个意群还原，再用语言组织一次，你多半会发现，这里面是很有技术含量的。这种技术可以模仿，但要娴熟运用，需要悟性、语感和长时间的训练。唐颖的语言很少炫技，但偶尔白相一次，真的很炫。

唐颖的语言是自然的，屡见一些妙想的隐藏，又从未打磨到神经质的地步，真要把小说语言修饰过度，就有点走向工艺品的节奏，满地的砂纸，未必就帮了忙。语言，最难藏住作家的身影和状态，俊朗就是俊朗，慌张就是慌张。

白色扶郎

一个人褪去最后的青涩，有点像螃蟹发育的尾声。当最后那层翼壳行将脱落，年轻人憋不住会变得更加张扬、更有主张。我一进入那一时段，就遇到了麻烦。

1982年大学毕业后，在一所中学教了近一年语文，我觉得我应该离开。当时，凡向学校提出调动的，几乎都不被允许。校长对我说，你一进校，就让一个新教师，教高三，本校史无前例，还不珍惜。

我当时拟调去的单位，是邻区一所业余大学。看重的，是相对时间自主，不坐班。经介绍，我上门去拜见该校一位金姓校长。当时，我还是稚嫩的。谈了一个小时，就自动拎着秤杆，把自己的全部斤两，都称给金校长看了，他一直在微笑。

第二次去，金校长说，你所在的中学有位副校长姓姚，你的区教育局长姓陈，对吗？他在暗示，为了我的调动，他已在第一时间出手了。他还说，工作调动不容易，做两手准备，是最好的。

这次，我在他的家里，发现了两本刊有我小说的杂志。

金校长当时五十岁，未有婚配。家里的打理，并非长期单身男人的经典范式。既不是细致到似有洁癖，又不见散漫随意。那天，他的圆桌上，有一个水晶玻璃花瓶，应是老货，插着满满一束白色扶郎。花很新鲜，水也清澈。白色扶郎，浅绿的单支根茎，像天鹅修长的脖子一样脱俗；那上面的纯色花朵，不艳不媚；率真的白色，让人心跳，含有异样张力，其实是有点妖的。这束花不像金校长自己所买，又不像亲友、学生送的。献人一束纯白鲜花的，本土人士从不多见。

他的家，没有字画和摆饰，墙面空空白白。唯有一帧泛黄照片，在书桌上一个小镜框里：后生戴金丝边眼镜，穿戴齐整，头发向后反梳，有世家子弟气息，应是留洋时期的照片。

一跃，他已年过半百。

调动成功的概率很小，但这位不来半点客套，又善解人意的前辈，真的特别。他考虑问题时，切入方式非比寻常；做事直逼目标，又不轻慢他人感受；该有原则时，他也会坚持。比如他说，是的，我不喜欢有人在这里抽烟。

分配到这所中学后，下半学期就快结束。

我在三楼外廊，看着下面三块无人的篮球场。不知道，我还能坚持多久。突然，有人在背后重重拍了我一下，是人事干部，她通知我尽快去局里办理调动手续。一件难事，就这样没头没脑地做成了。

到业大报到，以为金校长会说起，商调是如何实现的，他却只字不提。当我们共同面对一个难题，最后完全靠他一人破局；他却不愿让你知道他的付出。他让我领教了什么叫淡泊，从记事起，我始终都在很浓烈地追逐，未见识过这样的处事境界。金校长像鱼缸里最从容的那尾鱼，飘然长尾，总是逸逸摆动，仿佛生存从无紧急。

我开课后，金校长来听了三次，没有一句点评；应该是满意的。

有一次下班，我和他一起步行回家。他问，你有兴趣成为一个教育管理者吗？我说，我太崇尚自由自在，不合适的。他说，你更想当作家吧？我尴尬地笑了。有个俗语，叫三个手指捏田螺。此刻，我这只田螺身上，感觉到了金校长的五个手指，不止三个。

我所授的课，会安排一个去外地采风环节，全班同学去了普陀山。当晚，在陆军招待所，大家举杯畅饮，非常奔放。虽是班主任，但学生都比我年长，我心里是没有师生界线的。

大家还是喝过了头，有位长我多岁的女同学喝哭了。可能另有心事，那一刻，她需要一点肢体安慰。她拥住我，我确实不可能因怕误会，就很避让，我轻拍了她的肩头。大家都在桌边，应不会被曲解。但是，这个场景可以有三种以上描述。侧重不同，再加一点夸张和暗示，性质就截然不同，尤其对不在现场的人而言。

回上海，有好事者，兴奋地做了点传播上的努力。三传两传，说不清楚了，影响真的就不太好。我想，等待我的，可能有一次警示性约谈。多天过去，没有动静。有人告诉我，校长直接找同学了解过情况，人数不少于十名。最后，事实清晰了，校方对我无任何责难。我明白，金校长是有所担当的。并非所有校长，都会这么做。这反倒使我深深反省了一下，尽管再发生同等事态，我可能还是照原样做。

上了两年课后，我对金校长说，我的成长期全部都局限在学校、局限在上海，我想去一个远地。他一下沉默了。

我联络好支边事宜后，新疆有关部门干部来学校致谢。金校长说，也许新疆更需要他，他也更需要新疆，学校只有支持他。

我在他的话里，不止听到一个校长的辞令，还感受到父辈的厚味。金校长，是我见过的肌肉很不发达的男子，但他富有洞穿现象的智慧。他常没有雄浑的挥洒，却有一种精致的力量。

两年后，我从新疆回来，决定自费出国。办妥后，我去和金校长话别。他还是那样，在可说可不说的地方，一定是不说的；在可以微笑，也可以不微笑的时候，他一定是微笑的。

临别，他说，你每年寄一张新年贺卡给我，我不一定回复，这不意味我没有收到。此后，我每年按约寄出给金校长的贺卡。有一年，收到他的一封信，告诉我他换了新址。接着，又一切照旧。

在海外很多年后，我回到上海。没想到，金校长已去世多年。我的贺卡，一直朝着他的方向而去，其实他早已不在。

有情感的地方，就会有离苦。

我和金校长的交往，无一餐一饮，平淡到仅是一些对话碎片。然而，他极其纯净的人格，如光芒照耀过我。某种意义上说，他给了我第二双眼睛，用以关切庸常中的清浊；人世的画面，由此而不同。

我一直在寻找他的墓地。他没有子嗣和友人，学校的职员也数度更替，渐渐就失去了头绪。我问过很多上海的陵园，没有他的名字。

相信有一天，我会找到他的安息之地。

在任何墓地，我总是说不出话来。在他墓前，也会无言；但我手里会有一束白色扶郎，它们将是我追念他的全部语言。

校长，我会来见你的；尽管，你没有再告诉我新址。

一件小事

　　这个地点，在上海市浦东新区的德州二村，属上钢新村街道德州二村居委会。

　　1982年，我大学毕业后，入住此地。当时没有煤气，我一个人也不可能去生个煤球炉。邻居孟志勤大姐及她的先生上钢三厂的高师傅，每天清晨，在我起床前，放一瓶开水在我所居203室的门外窗台，一放就是多年，直到小区内家家户户都有了管道煤气。

　　我在这里居住七年，很有感情的所在。那天去有些陌生的故地走了一圈，很多从没说过话的邻居，在我面前走过，我都记得，都老了。离开那里三十四年，重温旧日感觉，亲切油生。

　　我看见不少居民自由设置的落水管，完全挡住了单元号牌，这是施工者的粗鄙，且无所忌惮。用户应是老人，也奈何不了。监管明摆着缺失，责任心缺失者同流合污。人口密集的旧区，确实管理不易。但各种角色做下的好事或劣行，都留有痕迹，明明白白。某种劣行被放任，公共空间的不管不顾，泛滥着集体性的对公益的麻木。

　　所以，社区文化的一点点正向长进，随时面临后退及大后退。任何点滴小事，任何人的泄力，都加大了正义溃退的概率，倒下去的，大多是优秀的东西，且经历过漫长岁月的培植。

我在想，在职人员嘴里有些一二三四五的惯语套语，本也可以谅解。所有人都忙于把一二三四五的惯语套语往嘹亮里唱，举目又随时随地可发现有人怠慢了本职范围的小事管辖，亦没见有人用 ABCDE 的监管套语来正当责罚。这一幕，立即成了让人笑不出来的滑稽戏。惯语套话横行，能不忽视本职细节吗？起码被消耗了一大半力道去。

我现在说的，不过是一件看得见的小事，还有多少看不见的事存在于暗处呢？林林总总的惯语、套话和口号，不如一句：做好本分。

有什么好花骚的？

托　付

午夜来电，心紧。

两个多月前的深夜，我在上海接到来自堪培拉的电话。来电者的第一层身份，是多年前，我在悉尼生活期间一位挚友的前女友，他们分手后，我们依然有交往，大家叫她安。电话里的声音是沉着的，安想要她前男友李修的联络方法，并礼貌地让我先问一下对方是否愿意。1996年后，他俩二十多年无联络，现在突然要找对方，事非寻常，我先把联络方法给了她，通报李修是次日。

堪培拉来电后一周，他俩都没和我联系，我虽好奇，但没有探问。又过几日，我得新冠第二日，正发烧、畏冷、咳嗽、浑身酸痛。伸一只手在棉被外接电话，都会冷得浑身打颤，喷嚏一来就是七八个。此时李修来电，说了安找他的事由，出乎我的意料。

李修，一个很特别的人，我和他三十多年交情，达到了这样的默契，无论我怎么写他，都可以先发布再报告。2022年11月，我在一篇两千字的短文里，写过和安分手时，他的种种失控。他读后傻笑了一下，问，她看到这番描写，得意了吧？我知道我可能做对了一件事，客观上帮李修传递了不甘，又方便他极自尊地抵赖。其实，他并不需要我代劳，因为他从不虚掩什么。

而安，曾告诉我，她现在的伴侣对她很包容。安对情感的觉悟已很通透，但还保留着多年不变的老到，从不谈李修。

那一年，我们四对好友全部分手，在悉尼。

不管法理上属哪种关系，分离却是骨断筋连的那种。内心的破碎感，大家都整理了很久。男女携手谋生域外，实为一段段苦心孤诣的缀网劳蛛。移居初期的诸般心累，不时榨压出各自秉性中本已存在的低劣部分。焦躁多了，龃龉多了，伤害多了，如胶似漆的两人，转眼就成距离最近的仇家。放过或放下，不是随意就可摆出的翩翩风度。这看上去像是男悲女哀，其实却是第一代移居者的灵肉之殇。

当时，四男之一的李修曾苦笑着预言，以后，我们可能发展成 16 个人，可否相约在那时欢聚一次？众男脸皮厚一些，全票通过。二十多年后，也就是 2022 年，李修在鄂皖山区建了一个别墅，想兑现当年胡诌的 16 人晚餐。信息一出，相关的女士部分举手报名，而先生们的呼应竟并不兴奋。费解。

安找李修，是因为她父亲在国内的养老院病危，急需亲人介入。安一时无法成行，国内可数的几位亲戚，多为老弱。安拉了一个紧急求援的候选名单，最后一名赫然写着：李修。尴尬是极尴尬，但眼下已无选择。安从一名普通的中国留学生，成为澳洲国家博物馆负责亚太板块的资深专家，不简单。多年的修炼，让她有能力从一堆乱麻中，直接挑出一根压倒众绳的主线，这就有了那个午夜来电。

安和李修联络后的第三日，安父溘然离世。原本托付的事宜，叠加了内容。安把后事的料理郑重托付给李修，此刻正是他患新冠第三日，他说没事。

异地间的托付，本为常事，但这一次，李修是在冷汗涟涟中受托，在冷汗涟涟及各种酸痛和眩晕中，连续几天迎风出门，直至亲手落实最后一项，即老人的骨灰存放。安及她在悉尼的家人，对李修本人的状态十分关切，李修还是说没事。

这正是很寒冷的一段日子，不难想象高烧中的李修，连续多日奔走在湖北的寒风里，会是什么滋味。李修说，对于从风浪里过来的男人，这些不提也罢。李修说，任何朋友在这种状况下的这种托付，他都会这样对待。

是吗？当然，以李修所说为准。

我觉得，本次托付首先是安的果决，她理解生活中某些时刻会别无选择；她懂得某些时刻必须以最简明的姿态去应对。此外，以我对李修的了解，安的托付，会给他带来难以名状的波动；这种波动，会给这位六十五岁的男人带来一种神勇；这种神勇会让李修总是有办法化解难题。李修后来讲了一些细节，也曲折证明了这点。

老人是在养老院去世的。疫情中，养老院很谨慎，关紧了几道门，决不允许外人。遗体的交接，安排在养老院门口的接待处。是日，李修早早在那里等候着，总算等来转运遗体的车辆。两名护工将遗体抬下车，第一项，要求李修按例填写与逝者的关系。李修在多个称谓的选择中有些犯难，他选择了"晚辈"，护工觉得不够规范，他又选择了"亲戚"。两名护工面面相觑，最后给予了通融。第二项，要求李修对遗体进行核查，并确认没有任何随身的贵重物品。两位护工退远了几步，示意李修上前。

这应该是一个极为特殊的时刻，李修顿然觉得有双眼睛盯着自己的脊梁，让他在处理老人后事的每个环节上，不容轻慢。这双眼睛并不是别人的，是李修自己的一双道义之眼。李修事后说，他无法容忍在故人的重托之下，自己有任何马虎。他是他自己的督办者。李修在这里使用了故人二字，流露了他早年从事律师一职所留下的缜密。

李修靠近了逝者，缓缓解开白布，看见了老人的遗容，他肃穆地向老人久久鞠躬。无人能察觉李修过速的心跳，以及经强行暗示后又归位的镇静。他细细检查了几处常佩有首饰的部位。一切复位，填完表单，车开走了。此时，李修本该如释重负，但并不是这样。

李修百感交集，这位离世的老人，三十年前曾经和李修有过一次语重心长的谈话。当时气氛凝重，安不在场，尽管两个男人互相敬烟，言语体面，但本次谈话的结论，是老人拒绝李修成为自己的女婿。重陷旧日场景，几十年后，自己又成为老人唯一的送行者，李修的脸上有一丝无奈，有一丝复杂。他走向停车场，脚下的薄冰，连续发出碎裂的声响。他不是第一次感受命运的奇幻，对如此的人生布局，没有过多的喟叹。

面前是初冬街景，他抬头看见，在树杈的疏疏漏漏后面，冬日一亮一亮。有些块状积雪松动了，自高处跌下，从屋檐或树冠，李修像是没有关切。想到刚才自己对老人那个诚意的鞠躬，他心里出现了熨帖的感觉。李修为自己认真完成了一件良善的事，有些释然。

在写这篇涉及朋友离世家人的短文前，我还是问了一下安。她的回复是：我可以的，谢谢。

食　堂

上世纪七十年代，文化五七干校食堂，是奉贤塘外一片盐碱滩上的地标建筑。时年尚幼，我没有可能意识到，这个集食堂、会议厅、练功房及影院等功能的简易房舍，更是文艺名家荟萃之地。大师级、次大师级艺术家拿着搪瓷饭碗在这里进出，每日多次。换作今天，拥趸结队而来，拉起横幅，热泪涟涟地宣示钦慕，也不是不可能。

儿童偏爱火焰，那时我所留意的，是紧挨食堂的锅炉房。铁门半启，看到撩动人心的炉火熊熊。门框内侧有只矮凳，凳面永远有一本半边卷着的书。

在这个热烘烘的地方主持工作的，是生于 1927 年的京剧表演艺术家黄正勤。还原当时的他，中年，短而无设计感的发式；脑门高阔，汗滴豆大，刚擦又来；他的头脸鼻型均偏狭长，鼻尖常有炭黑少许；劳动布工作服左胸上方，有白色"安全生产"字样；挂在脖子上的 414 毛巾，气味不详。

更早，在市内某个戏院或上海京剧院排练厅，甚至是门缝里，听到过黄先生的小生唱腔。在我们这些三至五岁顽童的印象里，小生的嗓音尖利高拔，近似蝈蝈鸡的惊飞和逃亡。长大后恍悟，原来先生真假嗓婉转倒换的唱腔，老韵古趣充沛，乃梨园上品。可惜我辈刚有一知半解，黄派小生唱腔已经失传。

想起五十多年前，一个京剧名家，专业地操控着锅炉设备，那种安之若素的模样，我想笑，但并非出于欢悦。

当年，先生的跨界，让人觉得他无所不能。小生行当没戏了，他把锅炉烧得如此逼真，又自学了山东快书，自编自演，不弃任何演出机会，终成沪上山东快书大腕。

先生的京剧艺术生命已然窒息，四季晨练却日日不辍，维护着紧凑的身段和基本的毯子功。后从干校撤回，在瑞金二路，常见他骑车而过，剑套斜背，灯笼裤飘飘，大汗淋漓后的模样。

我没有真正走近过先生，及我成人，往日在多个场合的旁观，那些看似浅表的记忆碎片，拼接出一个动人的励志故事。先生如同一尾意志强大的游鱼，一生的杰出品相，淹于尘世之河。假设将我辈代入先生的处境，你立即就能在他淡淡的举动中，体味到可歌可泣。先生从未察觉我对他的瞭望，也无从知道，他对一个陌生晚辈的成长，如风中灯塔。

至今，我仍在猜想，当年锅炉房矮凳上的那些书，是《反杜林论》《红楼梦》《欧阳海之歌》，还是别的什么，答案或已永世成谜。

上海 77 届等多届中学生不分初高，学制四年。我被特招入读了一所重点发展篮球运动的中学，离家远，午饭在教工食堂搭伙，与自己的老师坐一张桌子，吃同样饭菜，看到了老师们讲台以外的别样身段。有次在食堂饭桌上，几位老师在探讨如何烹制西餐的汤，比如奶油蘑菇汤、意式海鲜番茄汤。有一种意见，面粉炒香起腻，是首项关键，绝不能用湿淀粉勾芡来代替。本次研讨，小董发言积极，他对各种西餐香料如数家珍。小董，是学生在背后模仿老教师称呼年轻的董宗诺老师。董老师来校不久，二十二三岁的样子。那个时期，校风恶劣，给老师起外号，一个都不会放过。

让我宕过五十年，来谈董老师。

不少教师一生只为一所学校服务，董老师也是其中一名。他没有炫目的职衔，他听命的多任校长，均为后起之秀。退休后，他仍为推广这所百年老校尽心尽职，并兼做年轻校长的某项助手。

在一个地方待五十年不厌，会是一种怎样的人物呢？我有两点发现。他没有野心，却有恒心。恒心和企图心，一般会有因果关联，他像是例外。董老师一生一校，晨钟暮鼓之中，自有他的安逸，似不愿被打破。

二十多岁时，已初通西餐烹饪，想必董老师是位考究的男人。他会有怎样的神仙伴侣呢？他的学生都已年过花甲，阅历的丰富，似不输给自己的老师。管它是八卦七卦呢，对照人生波折，学生们想看看当年的小董，又是怎么走过来的。在微信群里，我代大家请求董老师公开一下夫人的照片。董老师说，既然大家提出了，只能满足你们。他自动下了一步台阶后，让大家看见了他夫人的照片，自然是综合得分极高的女性形象。我们都喜欢董老师，他既有一定之规，又能在规矩以外，轻灵掌握。从他身上，你能感受到明智及平等。他受到敬重，不仅仅因为他曾是我们的老师；他的气质里，有我们不具备的元素。

当年在大学食堂午餐，发生过一件小事，很特别。

有位和我同样的应届生同学，将一块走油肉搛起，两面翻看了一遍，嫌太肥，弃于桌面。一位长我们十二岁的老三届同学，眼睛一亮，说了声"啊呀，那么好的肉"，随即，他伸去筷子，从桌面将这块肉撩进自己的碗里，津津有味地吃了，哪里在乎过这块肉的来历。我和走油肉原主目光一碰，不敢有半点表情，低头嗖嗖扒饭。

那位兄长是从工厂考来的，发表过相当数量的剧本、小说，带薪读书，有不错的稿酬收入，是同学中的富有者。一块被小同学弃在桌面的走油肉，引出他如此直接而别致的行为，令整个长桌静默三秒。目击者无语，一律整理着乱过一乱的思想，只有那位兄长若无其事。我想，他对身边的动静，是有所洞察的。这时候，一股炸小黄鱼的油烟跑来。现在回忆，这是具有标志性的历史气味。

两位年岁相差一轮的同学，对一块走油肉的不同处理，费思量。让低龄同学的阅历，像一本页码严重残缺的字典，查不到解答的条目。天天抵肩而坐，原来彼此可以这般陌生，就像瞬间被炸断的桥梁，只留两个无法走通的桥头在对望。那位年长同学还来不及关切厉行节约的话题，也不负责解答，肉肥了，该如何处理。你不吃，我吃。他就这么干了，且毫不在乎旁人的随想。

人与人之间，真要行使最极致的简单，反倒会石破天惊。围绕这块走油肉，很多问题没想明白过。我只确信，这并不是个代际问题。十几年后，我在澳洲做钣金工，极辛苦。有一次在回家的火车上，发现身旁座位上，有一袋被人遗忘的新鲜面包。我开始考虑，要不要带它回家。我突然想起了那块走油肉，以及那位兄长。当年在大学食堂餐桌上，只顾惊诧了，如果我有能力绕去第二视角，或能有别的发现。比如，这位兄长会不会对一己欲望的看重，超过对很多事项的关切。这样的发现，能更深切地理解一个人。他的很多别的行为，也能在这种发现中找到注解，比只是简陋地去甄别错对，有意思得多。观察和研究一个人最关切的所在，几乎就可以触摸到他的灵魂肌理。

我时常会把这块记忆中的走油肉，翻出来观察，总能闻到异香，是因为放了1978年的红酱油吗？

居老板的手

　　居老板的某些灵敏，我是钦佩的。比如面对选项，他能迅速锁定更远更大的利益。冲动了，前一句损话才出口，后一句补台的话已跟到嘴边。

　　居老板长我一岁，我为公司做房产项目时，他是我们的建筑承包商，平日客气得几近奉承。我不觉得这是应该的，常对同事说，注意啊，别占点优势，就像真的一样。千万别把依靠我们挣钱的人太不当回事。设计总监自己还没琢磨，让人家先连做七八个方案，最后大爷一样，挑第一方案上报。等你们卸了职，再碰到做过你手里外包项目的那些人，他们还能多搭理你一秒钟，就算你当初做人做事上品。

　　我说这些话时，居老板倚在简易金属板房的门边，笑了笑，扔了支烟过来，落在地上，又小跑过来换了一支。

　　居老板那时四十多岁，本就敦实，频繁请吃，初显发福。社交多了，他习惯把自己弄得山清水秀，常出入工地的主，却不允许自己皮鞋头上沾有尘土，老弄张餐巾纸在那里擦。完事，将纸朝背后一扔。某日，又见他这么干，我没憋住，调侃地冲他竖起了大拇指。从此，他擦完鞋，就把擦过的纸往裤兜里一塞。开会，别人发言，他会把纸全掏出来，堆在烟缸里。

工程总监告诉我，居老板手下统计土方挖掘量时，多算了16车。我对总监说，见他来我办公室，你过来，当我面和他说清楚。次日，总监说完此事，居老板隐蔽地瞟我一眼，看我脸色平淡，他的神情凉了些下来，说，了解。

承包方月结算单出现在我桌上时，多算的已被纠正。

居老板初是浙江沿海一所学校的校工。早年，能在学校谋职不易，但仅混口饭吃，不是我们浙地男人心底的气焰。没有几年，风景变了，城厢马路上，偶尔可遇男主将奔驰房车随便一停，就像把一头老牛拴在地头。男主下车，穿着拖鞋，在路边摊要碗辣肉面，再加一只荷包蛋、一勺鲜红的辣椒酱和一大把碧绿的芫荽，就蹲下，就嘹亮地吸溜。两辆集装箱卡车驶过，尘烟薄薄冲天，男主还在原地香喷喷吃面，笑容不改，多半是刚接了新单。

居老板辞了校工一职，有几年光景，日子也过成这样。他在老家小岛上做成第一单别墅装修后，拉了两个会漆工或木工的叔伯兄弟，直奔上海松江，公司开张一年多，业务有了模样。都清楚居老板识文断字，但无人重视他身上的隐忍能力。他能在异乡脱颖而出，此项是关键。拉生意时，为蹲守业主出现，他找件棉大衣一裹，在人家毛坯别墅大门口连睡三夜。一觉醒来，总有七八只流浪猫偎着他取暖，其中以母的为主，因为个别公猫欺负异性时，他还管一管。业主听说有拾荒者占了门道，来看究竟，明白了实情，也没嫌弃居老板一身猫尿味，就把活给了他。业主当过兵，对实实在在有好感，哪怕心知肚明此公或有表演苦情之嫌。

装修提前完工，验收时，女业主进出三个盥洗室，细看了两只浴缸、三只马桶的每处接缝，又让卸下两片开关的面板，了解暗处有无少按螺丝，再关心一下电线和套管等隐蔽工程的材料是什么牌子。最后，把客厅及周围所有灯具全部打开，验收就过了。女业主说，问一句，以后哪里出了毛病，能否随叫随到？居老板说，统统就两个字，一个 O，一个 K。女业主拍拍他的背：阿弟啊，英文不错嘛，再给你介绍两套朋友的别墅做做吧。

居老板故事多，但都不及他二十岁那件事别致。

居老板做校工不久，正值暑期，阿母肝癌中后期，疼起来，她不愿惊到他人，暗自紧咬布鞋不放，汗水湿透内衫。二十岁的居老板决定把阿母送上海的医院，起码可以打止痛的针剂。阿爸早逝，靠阿母做媒婆、帮人做年糕、裁剪裤子、带小孩，硬是让两兄弟都读完中学。居家那时仍无余钱。

居老板去山里表舅家借钱，这是居家第一次向表舅开口，表舅不多问，推给他两万，说，能来我工地做两个礼拜吗？缺个小工。

居老板安排弟弟送阿母去上海，临去工地前，他跪地给阿母磕了头，还将阿母只剩皮和骨的双腿紧抱了一会儿。

小工做到最后一日，怪事来了。手推车下坡时，手柄脱落在居老板的手里，从塑料套管内掉出一小卷纸，字迹被水涸湿过。这张字据应是以前表舅给同村阿瓜 30 万元，阿瓜写的收条。

工棚里的最后一夜。鼾声四起，为次日要不要拿收条去找阿瓜换点钱，居老板辗转反侧。

这件旧事，是二十多年后某个大年初三，居老板来我家拜年，和我单独喝酒时提起的。他眼里满是血丝，语调缓缓：借钱人呢，叫阿瓜，好赌。表舅后来的土方生意，是当年阿瓜被人追赌债惊恐之下，连公司带项目顶给表舅的。表舅办完工商手续，继续做土方，竟挖出了两件一级文物。文物献给了政府，除了嘉奖，县里还鼓励性给了表舅一个不小的项目。阿瓜搞掂赌债，来表舅手下打工，我看是想死缠表舅给他些补偿。这张收据证明，除了买卖生意的费用外，表舅又给了阿瓜 30 万安慰费。你问，纸条为啥会在这里？这无关紧要，但阿瓜要是得到这张收条，应如获至宝。这笔安慰费变得无凭无据，阿瓜可以不要脸地向表舅讨要第二笔。你说，当年用这张收条，我能从阿瓜那里换到多少钱？

居老板端着酒杯站在我家鱼缸前默默观鱼，良久，又说，当时阿母的病痛，把我逼急了。要不是涉及亲眷，第二天，二十岁的我准定拿着收条出现在阿瓜面前。

现在的居老板今非昔比，为做项目抵押贷款，一下能拍在桌面上十来本房产证。表舅家老二结婚，请了居老板，同桌有阿瓜，阿瓜小女儿是今日新娘。酒到高潮，阿瓜提起当年居家表舅补偿自己 30 万元，阿瓜来交收条，忘塞哪了，表舅一挥手说，不要了。

酒桌上，阿瓜用掌心击打前额啪啪两响，说道，你表舅的做派，好像天雷劈来，我从此戒赌。

居老板听了，味道不好。同一张收条，只有自己动了小家败气的歪脑筋，连阿瓜都不如。喧闹之下，居老板是游离的，他在发短信，让财务立即送点现金过来，他要加重今天的礼金。酒喝多了，手指又粗短，一摁总是同时触碰到两个键，字句乱上加乱。他发泄地，在手机上胡戳一气，又冷冷一想，他这样为当年纠错，也太高级了吧？

说到财务，有件事耐人寻味。我们总部财务小芹，患病离世，居老板突兀地出现在追悼会现场，他递给小芹丈夫一只厚厚的白信封，说，不知为什么，小芹总是称呼我居老师。她走了，整个上海，不会再有人这么称呼我了。他眼圈红红。

和居老板共事期间，我俩交流频繁，包括各种谈人生。

我退休后，多年没见，惦记还是有的。那天邂逅，在南京路步行街新雅粤菜馆门前。我看见他时，有人正给他点烟，他以手挡风，手掌像是多抬高了五厘米，把原能看见我的视线也挡了。

连着两天，我心里，都会有他眼角那只大手。

1967 年的猫

一位爱犬的朋友，说了和宠物相处的美妙，用一件事。

在讲这件事之前，他还预热式地问我，有没有注意到，最拽的女郎，通常牵着的是大狗，还是小狗？我不谙此道，但我喜欢他的问题。

这位朋友偶尔会喝醉，他家的边牧，就守在床侧，寸步不离。边牧不断舔舐他掉落在床沿的手，还鼻拱他的手背，希望他醒来。边牧以为主人出大事了，惶惶于整夜。

我被犬忠打动，又联想到猫，如果主人发生同等状况，猫又会如何呢？

能为我解答这个问题的朋友很多，我选了其中最特别的一位。他母亲是一位诗人，癌症后期，她决定以结束生命的方式，来结束自己的疼痛。凌晨时分，他母亲在盥洗室里轻轻地走了。第一个发现的，是他父亲，老人立即瘫软，后面的几名家人也都瘫软了。我的这位朋友把母亲抱了下来，放到床上。那一刻，有三只猫羁绊着他的脚。

三十多年过去，他把母亲留下的三只猫的血脉，繁衍至今。

他是这样回复我的：

猫可能不太一样。猫若一直在你床边歇息，那还会一如往常。反之，它至多到你床边溜一圈，就自顾安寝去了。

朋友的描述，留下余味，我无法解析。但我相信，猫是发现了异常的。猫的自我自由，似乎主要流露在，它不那么轻易逢迎或亲近人类。即便对你施以妩媚，也是要换得你的服侍或宠溺。当然，这些看法本身，有没有一丁点人类的傲慢与偏见？猫和人类不咸不淡的距离，是因为人类，还是由猫族的灵肉结构决定？还是和人类的合作史相对短暂，对人类的依存，猫在基因代谢及沉淀上，远不如犬那么深刻？人们通常不屑，也不能以猫的视角，去研判问题。还有一种朴素的农耕意识，亦会堂而皇之地诘难：人都没吃饱，还去关心猫的身心？学术仿佛因奢侈而变得滑稽。其实，世界上绝大多数课题，都存在着放射性相缠。

曾经听一位妇人谈及猫和人，她是一位七十多岁的退休药剂师，十几年如一日，每天给流浪猫送食。

一天，来了一只几个月大的幼小橘猫，口鼻鲜嫩，咪咪叫着，楚楚可怜，始终不敢上前。妇人明白，自己必须后退到，让这只小橘猫感觉安全的距离，也就是无论她出手多快，都难以触及它的距离，它才肯上来吃食。

妇人看见这只小橘猫的脖子上，有一个和它的毛色匹配的，褐色的尼龙牵引绳圈。说明有人收养过这只小橘猫，它是因迷途或被遗弃而流浪，就很难猜测。这只小猫忧郁而胆怯，像是受过很大的刺激，且和人相关。

渐渐，这只小猫养成了要妇人退至固定距离，才肯上前吃食的习惯。最初的一段日子里，妇人坚持后退，人猫守约如初。又过了十来天，妇人尝试先不退或先退再进，这只已经来了二十多天的小猫，立即中止进食，快速跳挪出去。妇人一进，它就一退，惊恐地扭头观察着妇人。

日复一日的喂食，从未中断。

进入第二个年头了，橘猫的体形越来越大，褐色的尼龙绳圈，一天比一天更紧地勒住它的脖子，妇人焦急地要除掉这个绳圈，但她还没有获得橘猫的信任。

妇人清楚地看到，褐色的绳圈已经嵌入橘猫的皮肉。活动时，绳圈和皮肉的摩擦，使橘猫的脖子渗血不止。紧箍着橘猫的，等同于一圈钝刀。橘猫的行动能力开始下降，和同伴一起进餐时，毫无争食之力，它几乎吃不到东西。尽管如此，橘猫对妇人的忌惮，依然毫不松懈。

从某一天开始，妇人每次把别的流浪猫驱赶掉，先让这只橘猫独自进食。如果以人的感受代入，这里会出现一个字眼，叫感恩。但对于这只橘猫，我很难模仿《我是猫》的作者，日本近代作家夏目漱石的拟人手法，借以探入猫的动机世界。

妇人坚持着各种有益的尝试。

终于有一天，橘猫缩拢全身，四肢伏地，决定尝试接受妇人的抚摸。它紧张得眼皮一抖一颤，像在接受一种发落，像在等待生死赌博翻开最末那张牌，可见它撤除戒备的愿望，同样是强烈的。此刻，妇人抖颤着悲悯之情，她抚摸着这只敏感的橘猫，犹如抚摸着自己的孙辈，她的心异常柔软，像这只橘猫的身体那样柔软。妇人手势利落地剪断了橘猫项间的勒物，极小心地一点一点一点，抽下了这根血淋淋的绳圈。橘猫一声长叫，扑入妇人的脚边，第一次在妇人身旁竖起尾巴晃着，不愿离开。橘猫勇敢涉过疑虑之河，而这位妇人，在对岸守望了多久啊。

这组人猫互信的实现，是在妇人日日用心之后，是在妇人和这只橘猫相遇一年之后。

这位妇人对猫的一举一动，基本能读解明白。但她依然承认，猫的很多行为极为率性，用人类的逻辑，无法解释猫的一切。当你尊重它的生存权利，当人类让出一部分自我之后，它就和你变得亲近，这是基本事实。

抑或，在平等都不易实现的今天，包括人在内的动物世界，已经需要倡导一种，比平等更高级的相处原则了？

写这篇文字的由头，和我七岁时的一些行为有关，这些行为伤害了动物，也伤害了人。我和悉尼的一位老友讲起此事，一是因为她家一直养着猫，二是涉及创作时，我们习惯互相启发。我们彼此天性的严重差异，总能摩擦出一些始料不及的灵感。然而，这一次，我们间失去了默契，像布帛撕裂。虐猫？当她听到了这个词，后面的所有语言，她都不关心了，比如：忏悔、漂洗和歉意。

这位中西文化策展专家，明白了我的写作题材后，对我说，她不会对我的本次写作提供任何帮助，她不会提供自己的豢养经验，即便知道我是本着一种人性追悔。她说，她可以想象，当面对我笔下的虐猫细节，她会不可遏制地迁怒于我，不会去管那是我七岁或七十岁的行径。

看来，真有人不希望他人曝晒个人伤痂，尽管这种曝晒，对我是一种消炎并有利脱落，对他人也不无裨益。

我问了一些同代朋友，在童少时期，他们居然都有过类似伤害动物的记录。即便现在再内疚，都无法否认当年他们从中获得的快感。我的问卷答案，竟然百分之九十九一致。我没有产生罪不责众的解脱，我反而觉得问题更严肃和沉重。于是，认真地研判1967年我们对猫的伤害，变得不可阻挡和延宕。只是，我将尊重老友的感受，不会去再现那些残忍的细部。

我童年居住在这栋楼的二楼，这栋楼落成于1926年，原始地址叫辣斐德路557号，是冯玉祥将军和他第二位夫人李德全的物业。后来有熊姓华侨携太太和长子归国，熊先生是亚洲著名的化学家，他太太是李德全女士的好友。这个物业原来的花园面积非常大，李德全女士在自家花园的南面切了一大块，让熊先生出资建造了一栋外带南侧小花园和泳池的三层楼房，用以安家。房子建造于1949年之前，1949年以后，李德全女士把那块建了房子的地产赠予熊夫人，同时也把自己名下多项物业献给了国家。李德全女士当时的身份，是中华人民共和国第一任卫生部长。

我们和熊家，南北比邻而居。

1967年前后，这里一批相连的花园楼房之间的围墙，无论是砖砌或竹编的，全部出现了大窟窿。一大片院落串联起来，四通八达，成为附近孩子的深邃乐园。尽管园林部门依然在努力维护，但那些年头，这里不可阻挡地出现了城中绿野。

唯独熊家的居处，保留着完整的区域封闭。彼我两处物业的划界，从最外面的马路开始，一纵一横相连的分割线，均以一米四十高的暗绿木条栅栏间隔，通透而和睦。纵线的西侧，是熊家南北向宽敞的汽车道，横线以南是熊家主楼。木栅栏熊家一侧，布满蜂蝶飞舞的粉色蔷薇，还有移植来的一棵很大的柿子树，它可以同时容纳五六个小孩的攀爬。每年柿子都会结果，但还没成熟，就一个都不见了。应该从没有人吃到过，这棵树上成熟的柿子。我家的米缸里，曾经捂过一只青的柿子，哪里熟得了。

两栋楼的间隔方式，应是熊家的选择，有些浪漫的热带情调。我们这边，是公家园林管理的风格。冬青在花园四周，中规中矩地长线条延伸，中间是草坪，边际还是有些植物品种的，杨柳树高及红色楼顶，上面伏有颜色妖异的刺毛虫。

没有坚持多久，那些木栅栏还是被破坏了，唯一的禁区，只剩熊家那幢楼。

这个时候，野猫成群结队出现在这里，它们纵情的欢愉之声，被童年的我，误读成生死相杀的凄厉惨叫。我那时以为，猫是世界上最喜斗殴的小型动物。及我长大才发现，你说猫妖魅，但它追逐快乐时，又是那么拼命，淡定的仙气去了哪里？人类的字典里，或是装不进一只猫的。

动荡岁月，唯一不变的，是熊家那栋楼里透出的独立及高冷。化学家在这里安居后，生育了四个女儿，一律好看和雅致。最年幼的，也是最漂亮的妹妹，出生于 1962 年。她们和我们这栋楼里的同龄人，对应成为重庆南路第一小学的各届同学。

熊家那栋楼里，有着异于周边居民的教养格调和审美趣味。它的神秘莫测，被童年的我们放大。从那栋楼不同的窗口，传来钢琴、大提琴和小提琴的练习曲。音乐在当时的气氛下，流露着遗世独立的气质，拉大了熊家人和外部世界的品相差异。

为了维护住我和那位悉尼老友的交情，我决定略去当年剿灭野猫的具体细节。其实，就是用石子、弹弓、气枪，去打击野猫的肉体，剥夺它们的生命。它们以惊恐万状的眼神看着我们，从几十只野猫在那里盘踞，直至再也看不到一只，二十四小时没有一声野猫的尖叫。可以想象，当年孩子们和流浪猫之间经历了多少鏖战，这里弥漫着让流浪猫们丢魂落魄的死气。

我们这栋砖混结构的楼，四面外墙，是水泥砂浆抹层镶嵌深色天然砾石。截至 1976 年，地面以上超过两米多墙面的砾石，全被抠下。那些抠下的砾石中，相当大的比例，由弹弓射向了野猫的身体。

在砾石的弹雨中，我想到了那位药剂师妇人和那只橘猫。

我双手抱头于桌前，久久久久。我合上双目，眼里是成百成千，那些猫的一粒粒滚圆的绝望眼眸。1967 年，对于这里的流浪猫而言，我是它们不可赦免的仇敌。

在那十年，我们渴望成长。我们几乎不用练习，就已经和成人一样，把所有敌人看作动物。面对专供孩子们的读物，我们麻木于处处存在的，涉及生命杀戮的血腥辞藻。在军事化的裹挟下，岂容妇人之仁的存在。此外，男性成长期，原本就渴望获得力量认可，一次历史性的荒谬叠合，也在这里残酷共振。蒙昧少年就这么走过头了，一举把动物当成敌人，下手不狠，反而会羞愧于人前了。

真实的体验告诉我，你只要被砾石射中过一次大腿，你就知道什么叫无知的狠毒了。但凡野蛮的行径，都不太会是一边思考，一边施暴的。大多是长期积累后的爆发，爆发后有了某种可供观察的事件型格，这为后面的升级，提供了起始标杆。不管多么遥远，人类毕竟从兽中脱胎而来，稍一驰纵，某些习性返祖不难。

我当然不觉得那些虐猫取乐的事件，只定格在 1967 年时期或孩童身上。其实，人类对动物及自然，存有一种亘古未变的自大，长期以来一直以控制和驾驭者自居。人类对动物和大自然的关怀，是有限的。从对一猫一鸟的轻贱上，就可以获取些许凭据。

我和伙伴，把那只死猫垂挂在熊家的门楣上时，我们不可能认为，那是可耻的行为。社会已经革命性分崩，容不了还有完整的一隅在那里超然。此外，我们下意识里，或还想引起楼中女孩的关注。对这个动机，隐约有些破破碎碎的记忆。其他的刻毒，真的不知道。如果我们能明白，这种对动物、对人的极端戕害，就不是当时的我们了。如果剖问我们当时的灵魂，翻看我们当时的精神食谱，一切便昭然若揭，一切均有可循的来路。

事实上，从那一刻起，那只死猫也垂挂在我们的心门之上，只是长期懵懂，不觉异常。当我因那只死猫，感受到隐痛之际，就是我有一点点警醒的时分。一线光明，带给你的不一定是解脱，但我宁要这种让自己付出惨痛内疚的指引。

记得，事后我多少有点害怕，怕熊家告状，但是没有。我们和熊家捣蛋，是一点点升级的。先是摁响电门铃后逃走，再是用水泥堵住钥匙孔，直至动用死猫。我一直不知道挂上去以后，接着究竟发生了怎样的一幕。

第二天，熊家大哥朝我招手，我硬着头皮走近，他从背后，摸出一把他自己用木头做的左轮手枪，送给我，没有提及别的。七岁的我，看看枪，看看他，哪里看得懂，只有迷惑。

那天晚上，极少做梦的我，在梦里独自面对成千上万只猫，它们伸着锋利的爪子，愤怒而来。死到临头，我举起那把木头枪，向天鸣枪警告，却无论如何扣动不了扳机。但是，那一大片猫群，已然绕我而去。我醒了，压抑到近乎窒息。

1975 年，熊家全家获得单程通行证，搬往香港。临行前，熊家大哥率领全家来我们这栋楼道别。我那时已经十五岁，当他走过来和我拥抱时，内涵复杂的眼泪，一度迷蒙了我的视线。离别，只是其中很小的惆怅。

几年前，我们两栋楼的邻居建立了微信群，熊家兄妹和我们这栋楼里的晚辈一样，都分布在世界各地。最年长的熊家大哥，已七十多了。我就当年令人羞愧的行为，写了一封公开致歉的信。熊家大哥回了一封长信，他说，他几乎记得从1949年到1975年，在熊家那栋楼里的每一天。他没有记恨任何一位和熊家捣蛋过的小朋友，包括我。但他还是为我的内疚而欣慰。只是熊家最小的妹妹，已经没有机会读到我的致歉文字了。很多年前，因为精神健康的原因，她已在美国某州走失。

我盼望出现一个奇幻，1967年垂挂在熊家门楣上的那只猫，当时并没有完全气绝，肇事的孩子一离开，它就灵动地跳下来，飞快跑远了。这样，熊家美丽的小妹妹，就从来没有遭遇过这一幕，更不会携带着这样的记忆，消失于人们的视线。

熊家的那栋楼，那片粉色蔷薇和那棵柿子树，已经不存在多年。那里也已见不到成群的流浪猫，最多在极冷的冬夜，你或许能看见一只聪明的猫，从一辆停泊已久的汽车底部钻出，又换到刚熄火的引擎下面去取暖。

我们毕竟另有一个心理的世界，该有的，都还会在那里。

阿娘的水獭皮大衣

我要说的，不是时下的宁波女性，而是我祖母那代的宁波阿娘。作为极有特点的一个群体，她们在沪上产生过空前的影响。小脚、大嗓门的宁波方言，以及市井生活中的小狡黠，她们一出场已是喜剧。但我辈静静回忆她们的时候，或已泪光闪烁。

她们的出身，以平民居多。一般会晚一拍，抵达自己男人或自己生的男人谋生之地，比如上海，比如南洋东洋。1843年上海开埠，至1937年全面抗战爆发，甬沪移民有过几波高潮。我辈的阿娘们，大多是抗战之前来上海的。来了不久，速返乡关者，绝少。我的祖母，从奉化到上海，用四十年走完一个单程；另一个单程，她已在骨灰盒中了，由十三岁的我，贴着她来时的航海线，护送故里。

十三岁的少年，搂着这样一个精致木盒，知道这是一蓬生命的灰烬，知道这是祖母的亡灵，却并没有意识到，自己失去了上苍分配给他的一个最无私的爱源，还以为更美好的，会在未来的路上。

驶往宁波的工农兵18号轮，已从十六铺码头鸣笛启航，螺旋桨捣翻出阵阵泥腥，江面的风是冷的。其实，下面这段航程，就是我祖母少女时展望过的未来之路，只不过，它已是尽头。及我的心智趋于成熟，我又把我十三岁时的这件怀中之物，视作一个不死的物种，它将归于一次新的轮回，它还会在远处等我。只是，当我和祖母重逢，别再让我担任孙辈，让我改做祖母慈厚的仆人吧。

宁波阿娘们拥有的多项精湛的生活技术，都是无师自通的。

我辈的祖母，诞生于19及20世纪的交接之处，她们大多目不识丁，却在参透人生上，具有相当的慧度。她们像是什么道理都懂，研磨处世问题，是她们喜欢的功课。她们一边在冬日冷水里搓洗被单，同时又在条分缕析拆解现实中，完成了智商上的自我肯定。她们口音浓重，语句连贯，无所顾忌地使用出生地的语汇，一开口就与书面语遥不搭界了。这倒不影响她们在敷衍、附会、客套、赞许、评判、讲价、圆场、辩理、应酬等日常言语应对中，水准不俗。可能是因为浙地人口稠密，她们原本的交谈历练早已到达相当境界；来上海后，生活空间更加逼仄，再加草根解决生活问题，不喜依赖中介，百事自己来，交际的频率高企，强化了口语交流技术的进阶课程。她们普遍心气不低，但看问题又是实实惠惠的。刀子时时在磨，锐利了，也是再自然不过的。

不妨情景模拟一下，当年阿娘们出门在外的交际密度。比如，阿娘刚去老虎灶泡了两热水瓶开水，一只小脚还没有跨出门槛，已瞥见二房东在门外，脸上忽红又白地准备催租，阿娘

216

赔笑应允隔天一准付清，就看到截过自己壁脚的李师母，李师母去静安寺拜菩萨回家，欲速速从她跟前行过，阿娘追上一脚，在后面投掷石块一样，说了句指桑骂槐的话，让李师母应或不应都很难堪，阿娘略有雪恨的高兴，有小贩提一筐泥鳅吆喝而来，尽管不打算买，阿娘还是要问三问四，一抬头，迎面撞见老公的师兄，他已在讥讽她眼乌珠长在额骨头上了，来者虽腔调花赤赤，但他常常照应老公也是事实，冒犯不得，阿娘刚打完哈哈，传来砰的一响，邮差的自行车，已撞落她手里的一只竹壳热水瓶，瓶胆碎了，开水在地上冒烟，于是半骂半谈判又当街开练，阿娘得理哪会饶人，正在恶形恶状数落后生，倏然又换得满面和蔼，因为孙女的小学老师已在朝她微笑，阿娘希望自己能给那个女教师，留下颇有教养的印象。

人头密集造成角色频换，而各路事端多发，又逼着应对的节律必须飞快。阿娘们担当的越多，遭遇的各色情形也就越多。长年累月如此，人要不精不妖也难。

宁波女人，是极其吃得起苦的一类。那些年头，生活压力大，她们的安全感一律较差，需要从议论家长里短中，获得正向暗示。难怪她们常以低看同类，来变相肯定自己。经再三确认，自己比上不足，比下还是有余之后，她们的安全感才多少得以加固。她们在折腾是非上，也多为狠角色。大事化小或息事宁人，往往不是她们的首选，原因同上。在这方面，和很多其他地域的女性比，宁波女人确实不见得更加通达。我不知道在那些年头，有没有一些他处的街坊女性，已经在倡导看透不说透，如果有，那真正是开风气之先，令人钦佩。

此外，我们阿娘辈的宁波女人，大体是这样的，她们具有清晰的生活目标、艰难度日时的精明、不顾一切的面子感、偏向议论文功底的口才。她们把任何吃亏看得比较严重，对推广家族名声和强调自我正当不遗余力。她们不妥协地坚持重男轻女，在背后支撑自己的男人通常无怨无悔。不要以为阿娘们只要不失利益就可罢休，她们把理义也看作一种利益的。所以，失理失义了，对阿娘们来说，同样是要紧的。每一个属于她们的特色，都可以用一个长卷来呈现。一旦她们在任何坊间角落遁形，多半不会被忽略，因为她们每到一个地方，那里就会出现不是吵架胜似吵架的宁波分贝。突然的静，拿掉了早就适应的那份嘈杂，让人又生出恋旧了。

还有一个至关重要的特点是，这些从婀娜多姿的年轻女子，一步步成为耄耋老妇的宁波女人，很少考虑自己。她们的自我意识，融于上述精神和体力的消耗之中，不自觉地完成了化整为零。她们还来不及关注自己对家族的奉献，就已经献出去了一切。

祖母只生了我父亲一个儿子，外加两个女儿。有了我这个孙子后，这个家的地位排序，在祖母眼里，我的父亲是老大，本孙子是老二，祖母自己及其他女性一律都不算老几。家庭以男性为中轴，其他均为次要，这一点非常不好商量。男性在家庭中的地位得天独厚，这在宁波人的家族里司空见惯。关键是，最卖力用行为来倡导男尊女卑的，并不一定是男人，而是宁波女人自己，且一代接着一代。是不是传统宁波人潜意识里觉得，家人是由男人养活的，家族也主要靠男人繁衍。囿于这个原因，宁波人心中，或有一种很积极的繁衍和生存优先，对此行为中的主力予以特别保全，男性就此有福了。

阿娘和我父亲发生争执，我父亲显然是嚣张的。阿娘委屈地离家而去，出门刹那，扔掉了任何一只去拉她的手，情势严峻。不排除，阿娘要直奔市区东部的那条江去。过了几个小时，阿娘自己回来了，说，想想你们会急煞，我也急煞了。你们没良心，我还是有良心的。再讲，马路多走，也没啥走头。哈哈，阿娘给自己搭了个台阶，就下来了。宁波人的儿子水平不低，立即唤我，某某，给阿娘倒杯茶呢。宁波人的孙子也不是吃素的，早已端茶在手递给阿娘。阿娘最后说了一句，真正气煞！真正，宁波人念"斤斤"，闹剧就此终结。

记得阿娘对我的姊妹十分严苛，一旦发现用门牙咀嚼，或吃东西时发出咂嘴的声音，就会厉言制止，绝不苟且。而对孙子的宠溺，就无条件了。双重标准，就这么不讲理地在家里摆着。炎夏，阿娘在哮喘极为严重的情况下，归途中，仍不忘为孙子带回一支棒冰。老人家走进家门，浑身是汗、吁喘不止，手里的棒冰早已融化了一半。

每一位阿娘，几乎都会对后辈，讲这样一只宁波故事。有个马上要被押赴刑场的犯人，向溺爱他的母亲提出一个要求，希望母亲让他象征性地喝最后一口奶。母亲满足了儿子临死前的要求，儿子却一口咬下了母亲的奶头，以此表达对母亲失教的怨恨。这个流行在宁波女性中的传说，具有一定反省反讽的启智意义，但它不会改变我的阿娘，依然在哮喘之下，举着那根棒冰回家。那时七八岁的我，接过半融化的棒冰，并没有对阿娘有太多的心疼。却会想，阿娘如果在最接近我家的那个烟纸店买棒冰的话，会不会可以融化得少点？

真正意识到祖母的恩重如山，自己已接近她当年的年纪。她那种无所保留、不用交换的情感，哪里还容我去理性掂量，那是超越了我父亲母亲的一种挚爱，她不是思想后的行为，是很本色的血亲冲动。祖母为了我的愉快，可以完全不相称地付出自己。我这一生中，没有第二个人会甘愿如此。当我想表达些什么的时候，那个女人在四十多年前已经走了。我对着墓碑的跪言，她能收到吗？

阿娘曾对我说，永远不要用有文字的纸上厕所，不敬，那是不好的。即便掉在马桶圈上的饭粒，也应该吃掉，浪费，那是不好的。那些事情，如今不太有机会碰到，但阿娘的态度里富含神圣，令人难忘。

从我可以蹒跚独行，每到我生日，清早，阿娘手脚麻利地用钩针钩出一个线袋，里面放一只煮熟的鸡蛋，挂在我胸前，以图祥瑞。一般，我不会让这只鸡蛋，待在胸口超过三分钟的。对儿童来说，所有的仪式感，都不如口感要紧。既然鸡蛋已经不存在了，那个刚钩好的线袋，会被我摘下随手一扔。阿娘看着，依然是笑眯眯的。阿娘去世后，那个线袋，自然再也不会出现在生日的早晨了。我这才明白，任何一种仪式，并不像我们当时想的那么空洞、那么可有可无。

有一件事，是我仍在奉化的表姐告诉我的。抗战前，祖父在日本挣钱，小镇上的祖母，日子是好过的。祖父在横滨莫名失踪后，阿娘可以用的手段都用尽了，依然查无下落。从此，东洋定时的汇款就断了，而家族中阶级相近的亲朋好友继续在往来。

某个正午，家人说，已经望见某师母拎着大包小包，过了桥头来做客了。家里已拮据不堪，祖母从橱里拿出一件水獭皮的大衣，以一个女人的本能，抚摸并迟疑了一下，就扔了过去，家人接住、抱着，快速从后门跨出，拿去典当了。八仙桌上，再次以一席丰盛的午宴，维持了体面。这就是后来告诉我，要把马桶圈上饭粒吃掉的宁波女人的做派。这个家宴的滋味，应是足够丰富了。

上世纪七十年代，祖母脑溢血后，入住上海一家医院。那天我正在照料老人家排便，一个祖母辈的亲戚撞见了这一幕，我这个十三岁孙子的孝顺虚名迅速传播。亲眷们说，这个孙子是阿娘的福气。这句话多少忽视了祖母在家族中的功勋，我辈尽一点点的义务，是绝不堪和她一生的付出相比的。

祖母是下午走的，那天上午，我用吸管喂她喝了半杯麦乳精。中午的时候，她睁开眼，无力地碰了一下我的手，眼神缓慢移向那半杯麦乳精。我端给她，她却垂下了眼睑。我把杯子放回去，她又睁开眼，目光再次原路平移落到杯子上。猜想了几种可能后，我做了最有把握的那个动作，我拿起杯子，一口喝了。祖母的嘴角，有了一丝笑意，眼睛在我脸上定了一下，又轻轻合上。几小时后，她就走了。

我在想，那时家道变故后的尴尬，若放到今天，远远看见李师母或张师母翻过桥头而来，不为难自家的应对，起码可有五种以上的做法。而当年，祖母不过为了一点点体面，硬是不顾手中水獭皮的滋凉柔滑，那几秒钟的权衡，需要这个市井女人，内心有多大的力量呢？

旧时花园

童少时期，正值动荡年代，沉淀了一些奇谲的记忆。

我家租住的区域，紧挨着的大小院落，被顽童逐个打通，串联成片。上过柏油的黑色篱笆，拆出大洞，过一头棕熊应绰绰有余。花园一俟相连，动线大幅延长，有了纵深。对孩童来说，无论好动好静，在无人管控的大片绿地里，总能寻获欢喜。老人们的呼唤，变得飘然遥远。

入夜，总有情侣或经人推荐，从马路上推开松垮的木质大门，如入无人之境。这片通幽之地，乐为胆肥者无休开放，也不像公园会摇铃提醒，会播放语录歌，会放出犬只夜巡。黑暗中，这里的边际模糊，草木繁盛，总不见底。夜来香的气味细雾状弥漫，越往深处走，越能感觉到一层神秘酝酿着另一层不测。风就来了，周围瑟瑟响，不是很响。偶尔有几声慢板的蟋蟀叫，像是蛮有修养。人遇陌生，先警惕安全，桂花味道淡了一点点，就被忽略。

到过这里的恋爱人员，不会再去建德路了。建德路是瑞金医院南墙外侧，东起思南路，西至瑞金南路，整条小路长窄黑静。当年市面上，总有人把恋爱看成罪过，青春期男女无处寻觅文明的恋谈场所，建德路默默成全着接踵而至的男女。恋爱需要低一点的能见度，为相同目的而来的人们，沿整条建德路密集站立，一种无约的集体性和规模化，让彼此互为庇佑，坦然和专心便有了。

和建德路不同的是，那些连通的花园，静谧里含有某种妖魅，也有吃不消者，会快快原路退出。当年在此恋爱的，在培育了两代人后，如今应是七十岁以上的矜持老人了。

白天的草坪，另有耐人寻味的风光。社会上，两拨成年人因种种原因发生冲突后，各自延请知名的摔跤高手，相约在这里代表双方出场较量。观众在草坪上围圈而坐，比赛正式开始前，会有人狼三狼四，在场内踢着观众的脚，示意让圈子更大一点。观众无不懦懦服从，我等屁孩也在其中。

每方先后派出二或三名摔跤手，赤脚，肌肉暴烈的裸身，套上厚实的帆布无领摔跤衣，腰里扎紧一条麻质腰带，以体格接近的配对比拼。规则简化，判背部先触地者为负。也有高手，号称不在乎对手庞大于自己，会得到裁判尊重。个大的一方似觉被丑化，脸上有一轮愤怒出现，观众兴奋。很多比赛，选手拉来拉去，很是惜力。每当一方要发力背摔对手时，会从丹田迸出一声"嘿喳"，若将对手麻袋状凌空砸在地上，就极酷。也有"嘿喳"了多下，撼不动对手，反被对手使个绊子，将其掼出丈远。

全程有表情冰冷的裁判一名，很可能是附近学校的体育教师。重庆南路第一小学，有位背后被称作陈黑皮的体育教师，常被请到草坪担任这种摔跤的裁判。这位老师，身材矮小，皮肤墨黑，两只眸子刀一样雪亮。三教九流无不对其毕恭毕敬，言必称陈先生。我们以陈先生为自己的体育课老师为荣，每次走近他，我们的心是提着的，心跳是加速的；仰慕之至，多愿意他是自己的亲舅舅。因陈老师矮，很多没能长高的同学扬言：你去看，真正结棍的男人，都是小个子。

这种摔跤比赛的规矩清晰，摔跤器具、赛事裁决，均有一定的仪式感。失利方，对胜利方要做些物质犒赏。无非是几条香烟，光荣牌或大前门以上是肯定的。落败者还得承担当日的宴请费用。比赛结果一出，陈黑皮立马走人，不赴宴，也没看他拿过谁的牛皮纸信封。这个成年人，哪是我们这些乳臭未干的儿童看得懂的。

很遗憾，没有多久，这种解决争端、化敌为友的方式，就被使用管制刀具的群架代替了。跟进的，是公检法。

另有一幕，也颇有内涵。作为阿弟一族的我们，常在这里观摩兄长们的投掷激战，即兵分敌我两军，互相朝对手投掷泥块，将对方悉数驱逐出某个界线为赢。初以游戏相约，后来竟变得舍生忘死。他们都是高年级小学生，能说各种军事术语，亦熟知库图佐夫、隆美尔和巴顿等将领的名字，有人书包里还有着《朱可夫回忆录》。

一个个战斗梯队，在敌对阵营中勇猛穿插。那是真正发力的投掷，若近距离被击中，砰砰作响，应算身体伤害了。被击中的兄长们会哭得很难看，多半是为溃败饮辱而泣。在他们的冲锋和溃退中，可以看到骁勇和懦弱，狡猾和木讷。印象深的，是兄长们在努力成为某种人物时，所迸发的狂热。也看到个把鲁莽的敢死之士，终因缺乏领导才能和大局观，最后走在被押解出境的俘虏队伍里，还在头皮撬。

见到最惨烈的一役，是被逼到角落的一支少年，他们开始动用砖块还击。当有人越过规则底线后，战局发生逆转，现在溃退的，是刚才的追击者。我心狂跳，不到十岁的我，是非观顿时崩塌而紊乱了。

比快更快的，是时间在个人生命周期上的体现，我的少年时代行将落幕。这一终结，有两个标志。

进入中学后，新结识的同学国庆，在我盯视着他家墙上那把气枪时，他毫不犹豫地摘下长枪，并长期借给我。此后，他成我一生的挚友。那时，他是上海人民广播电台少儿合唱团的第一手风琴手。他的手臂强硕，而我是校级中学生篮球运动员，也有一定的体能。国庆从墙上摘下枪，拍电影似的扔过来，我以单手抓住，也不失镜头感，这已是两人以肌肉在对话了。我折断开长枪，露出装弹孔。这个刹那，我像同时也折断了自己的少年时代。手风琴手的做派里，已见青年式的洒脱。他以慷慨，一种愿和你分享人生快乐的慷慨，激活了我初始的男人感。我仿佛瞥见自己的少年形态，如蝉蜕般脱落在身边。

也是在中学时期，我得了麻疹，高烧七天不退，养病整整两周。

我的班主任，五十多岁，一位知性的有格调的端庄女人。

她为我的成长，做过许多有益的事。整整四年，她以她的气质影响你，嘴里几乎没有随波逐流的套话，极为可贵。后来我明白，少时，有一张为师的脸，端庄、温和、正气，时时亮在你面前，是人生大幸。

得麻疹后，我在家中一个不透光的地方待了十几天。我想念过同学和班主任老师，她并没有出现。痊愈后，老师对我说："麻疹对婴儿的传染很厉害，女儿刚生了孩子，我有点怕，就没去看望你，对不起啊。"作为德高望重的师长，她的脸上居然有羞涩，顾盼还有一点点躲闪，又明确地透着期待，期待学生的谅解。在我们这辈的集体意识里，也有认错赔礼的概念，但那是当作处罚来理解的，并没有礼貌意义上的致歉习惯。此前几乎没人慎重地对我说过"对不起"这三个字。和我有交集的，包括家人，什么事对你做错就做错了。

像班主任那样的致歉，我是第一次收到。那年，老师说"对不起"的那一刻，我觉得她非常完美。

那年的那一刻，一种关于自我的存在意识，被突兀碰醒。我有些昏眩，老师突然给了我混沌初开的感觉。原来，在这个世界上，我可以如此重要。我心动如鼓，几秒之内，完成了心灵史的一次翻页。

陆少研究

朋友中有高手，擅长厘清文学人物步步嬗变的因果。我就想，假如反过来举证，从时空的这里到那里，这个人物的某些主干秉性一直不变，会不会同样很有意思？人后来变鬼，鬼后来变人，是一些工具化的说辞而已。就比如白毛女，长期隐居山林洞穴，都已接近成为野外动物中的一员，外表得了白化疾病，毛色变了，但内心的不妥协，一直未改。坦白说，我更关切人性不变的话题，生物层面的人性，不是我们过去强调的很多人物属性所能解释。

我有一位老友，是戏剧学院表演系毕业的知名导演，他评点别人的文字，有自己的一套。他是结合作者的人格路数，来掂量作品的。也就是说，他是先摸透了具体的这头奶牛，再来品评它产出的乳汁。这位导演曾说，他能接受我的话痨风格，并发现我常以矮化自己，来谋求谐谑效果。他的矮化一词，让我心头别别地猛跳了几下。

矮化自己，在二十多年前，绝对和我无关。我突然警觉，有位被我称为陆少的人，原来已经对我实施了如此巨大的意识渗透。

我在悉尼结识陆少，他 1955 年出生于上海虹口的提篮桥附近，大学哲学系毕业，有多年广州生活，娶两任粤裔妻子，大概从无刑事记录。他的职业背景中，扮过多个角色，其中让我最服气的是小说家。1995 年，我离婚回国，他也离了，但仍在悉尼生活。

三十多年来，国际范围，依次于 1988 年有了聊天室，1992 年有了短信，1996 年有了 Hotmail 和 2011 年有了微信。

我和陆少虽分别在上海和悉尼两地，却几乎天天交流，其密度和强度超过家人。科技日新，让两个朋友三十多年如一日，昼夜泡在一起。有了便捷的对话方式以后，性格上的差异化、互动中的不冒犯，是这种交流得以持久的前提。通常，屏幕上看不见彼此身处的场景，注意力全集中于往来的语句，变相进行着双向的精神种植。比如，陆少随便就发过来一句："兄弟，做人是不知道的。"他在劝我不要过分计较结果，努力归努力，但不要违拗运气的安排。这种话，看上去淡淡的，但经过一定次数的重复，就产生影响力了。陆少还教我，既要关注，又要忽略别人怎么看你。概括地讲，陆少的精神姿态，就是永远坐低人间，被人看得见的时候，他始终戴着平民的袖标。

所以，当导演说及矮化，我第一次意识到，在长期的潜移默化中，陆少不自觉地已把他自己的一部分禀性和处世态度，植入到了我的意识中。如今，它们成了我的气质构成的一些零部件了。

一个时常轻而易举就能说服我的人，而我不去琢磨他，是不可能的。我归纳过陆少的一些特点。比如说，为了用最省事的方法，和谐人际交往，他装傻成瘾，并装出了极高级的滑稽美来。他不自觉地练就了"一惊、二呆、三矮化"的经典套路。在一般情形之下，即便知道他在玩你，你仍会心甘情愿蜷缩着，被他把玩于股掌之间。一方面，你如同一只猫，被一只大手拍着摸着，一惊一吓的，但享受还是有一点的。另一方面，你也不愿错过观摩他的表演。我和陆少的教育层次、智商高低和从业背景，都距离不太远；因而彼此互有洞察，谁抄谁的后路，都会留心别中了埋伏。

一惊，指你在和陆少正常交谈时，他镜片后的两粒小眼睛，一眨一眨开始启动了。骤然之间，他的眼睑瞪大到了极限，脸上堆满看似低智的惊讶，他惊讶于你的言行，居然达到了这样不可思议的高度。在他面前，你小子仿佛再次打破了一项高规格的纪录。坦白说，我们的内心，很愿意陆少说的是真话，所以当他拔高赞美你时，我们先是猝不及防，接着便在自己身上快速翻找，巴望他的夸奖能得到佐证。

二呆，陆少用左手食指严正地指着你，这个动作，通常被警察用来警告肇事者。陆少现在使用着这个警用动作，只是他用得柔和一点，但还是宣示着相当的重大性。他翕开着嘴，传达这样一层意思，他被你的某种精彩惊呆后，他开始探究你之所以精彩的缘由，以期能借鉴个一星半点，但他又深陷不能破解之苦。他的神情里，流露着对你的高度的由衷向往，你或许真有点吃不准了。真的假的？估计，当程序进行到第二道的尾声时，陆少自己也快屏不住了，他可能已经在心里取笑你了，因为你渐露困惑之相。

三矮化，如果这个时候，你有点不好意思，想还个礼，也回敬他一下。陆少一定会极严肃地告诉你，搞错了吧，无论如何，他的高度，不可能进入你这个专家的视野，所以你搞错了，怎么可能，嘿嘿，不对不对不对。

被陆少这样搞过一次两次以后，人们一般都会上瘾，确实好玩，也足够鼓舞。他对你的夸奖，即便当场打个三折，也还是比一般人对你的高评要高出不少。人们通常较少怀疑，打了三折后，距离货真价实依然很远。上海七十五岁以下的男人，把"嫖"这个字，移用作人与人之间的善意逗弄，至少有几十年了。比方，上海男人间说，阿哥，你不要嫖我好哦？也就是在说，别以夸我的方式愚弄我好吗？这个嫖字的旧意过于腐化，被正经人慎用。我想，如果谁敢做陆少最亲近的朋友，不被这只阿哥活活嫖死，命算硬的。

陆少的脸颊，清癯狭长；眼睛小，可试用一粒两粒豆子来比方，平时戴一副朴素的近视眼镜。初看，他很像摆摊代笔的旧时江南书生，只是少穿了一件长衫。他不注意时，偷偷看他的表情，极正经，有点接近仪仗队礼兵的味道，一旦发现你在看他，立即就满是微笑了。陆少全身的组合效果，有点好玩，总让我想起生于1892年的滑稽戏鼻祖王无能。把陆少和王无能前辈放在一起比容貌，这两个不同时代的智叟知道了，可能都不会快活。

陆少的专攻，毕竟不是王大师擅长的滑稽戏。陆少在制造滑稽噱头的流程中，多少还是有一些破绽的。二十多年来，我把写过的各种文字，呈送陆少讨教，计有二三十篇次。他绝不拖拉，读后一般会夸赞到你脸红，竟然没有一次觉得不满不当。当你刚要怀疑他是否完整通读，一个商榷正好就来了，某页某段某句话后面的那个句号，如果是他陆少，会用分号来处理，意见仅供参考。二十来年中的二三十个篇次，他几乎没有指出过任何欠佳欠妥。

陆少的行为，刺激着我做出推断。他可能把朋友间互相纠正瑕疵、漏洞和短项，看作很没劲的事。陆少不愿说别人，可能他本人也不愿被别人这么去说。我用逆向以己度人的方式，从陆少背着的一麻袋麸皮和稻糠中，起码搜出了两件东西：一件叫和睦至上，一件叫管好自己。哈哈，这个冒牌的王无能啊，其实很傲慢。

突然想起，陆少这个名号，也是有点说头的。陆家祖宅在浦东川沙，一个香港亲戚听说老家有个独眼半仙，看相神乎其神，就很想拜见，但半仙老翁年事已高，绝少见客。陆少当时还没有去澳洲，七拐八拐替亲戚请到了这位耄耋老者。

河边石桥下，老旧的小茶馆坐定，老人听说来者是闻名遐迩的陆常户后人，就全身抖抖索索起来，命小辈搀扶着要向陆少单膝一跪，替父谢恩。惊慌之间，陆少把茶碗盖都撩到飞起，一把将老人托住。老人说，相是不能看了，已经全盲，不作兴哄贵人的钞票。又说，自己的父亲是鸦片鬼，当年饿倒路上奄奄一息，是陆家支下人放了几枚铜钱在他爹冰凉的手里，才拾回一命。老人低着头，用手指戳戳窗外说，当年川沙三分之一的农田，姓你家的陆，放到今天，我哪能随便见得着你陆大少爷啊！陆少一愣一愣，奉承人，原本是陆少的强项，现在面对一个民间高人对自己的奉承，他倒也没有办法起来。陆少的亲戚恭恭敬敬，给了老人不少港纸。

回到虹口的家中，陆少向父母求证，父亲呵呵了两声，母亲也呵呵了两声。陆少晕了，说，早点说啊，我突然被人叫大少爷，弄出一身臭汗。

九十年代初，陆少在悉尼做 T 恤生意，创业从车库里开始。倒了三次，又起了三次。倒了，就出去开出租车，情况好些，再回来做。第三次失败后，陆少信心全无，无奈之下，准备再去开出租车。那天半夜起来上厕所，发现自己的女友还蹲在地上画 T 恤的版样，他心头一热，决定再坚持最后一下。从此，生意连上几个台阶。后来方方面面稳当了，他开始写一部二十五万字的小说，题为《赚点钱是不容易的》。每天清早，他用一块番茄色的棉布把笔记本电脑一包，开车出门。他抱着这个火红的包袱，跑东跑西，一有空，无论在哪里，就揭开红布写上一段。这部小说，后来在澳洲某中文报纸由我编发，全文连载，极为轰动。

陆少的小说，和他做人的腔调一致。他的假姿假眼、甘当小弟、看透不说透、该大惊失色处偏偏云淡风轻、对小是非又准定要来几下诚惶诚恐，通篇妙趣横生。他的诙谐，以及掂量事物的别致角度，给读者很大的快感。高明的人，在里面读到了高明；喜欢男男女女的，也能在里面觅到一些不说只做的好戏文。从容不迫，是贯穿小说始终的文字态度，令人痴迷。这部十分平民化的小说，具备很高的文学品位。

我觉得，这部小说，是上乘之作。只可惜，后来他拿到国内某省的一家出版社去了，编辑把它定位成，反映某区域性海外华人生活的流行小说，并改名为《悉尼的中国男人》。一招令人痛心的错棋，绝杀了一部天才小说，出版后，即刻淹没于浩瀚的中文出版物中，连喘息一下的机会，都没有留给它。这是陆少做过的，少见的不太负责任的事。失误之低级，不符合他一贯的行事风格。或许，是他抱着原作，在国内几家出版社兜兜转转后，实在失去了耐心。我很希望，在原出版合同失效后，国内有眼光的出版家，能够重新包装出版这部不可多得的长篇佳作。

关于做事，记得陆少说过，我们不要一挥手，就大跃进了。我们还是学学邓小平，摸着河里的石头，步步为营。他这么说，还真是这么做的。陆少从悉尼归来，知道我回上海后，每天下午会去游泳。某个下午，他问清楚我几点到达泳池后，让我在泳馆门口等他。

原来，陆少在上海挑了一套橡胶充气的海钓用救生服，想让我穿着这套橡胶救生服，跳进泳池里，试试性能，然后他再定夺是否多买几套，回澳洲后赠送要好的发烧友。

在更衣室，费劲穿上这套救生衣后，我在台盆上方的镜子里看自己，活脱脱姚记扑克的一只大怪。我鼓鼓囊囊、摇摇摆摆，从男子更衣室里走出来，有女孩立即捂嘴喷笑，也有用手机偷拍的。我硬着头皮，蹦进蓝绿色池水，一副乖萌的模样，引来很多人拥到池边。面对这只橘色大怪，人们看不太懂发生了什么。我真的希望，上次签订出版合同时，陆少也能这么认真，我为他扮十次大怪，也绝无怨言。不过，陆少帮衬我时，同样是不遗余力的。

1995年，我连续在澳洲待了六年后，第一次回国，陆少开车送我去悉尼机场。在车里，陆少的右手很Nice地转着方向盘，左手从牛仔裤屁股兜里，摸出一只信封递给我，说："兄弟，不用还。"这只信封也太厚了，我抽出来一看，不少是十元和二十元的票面，约五千至六千元澳币。很多年后，我才知道，这只信封里的钱，是陆少刚收回来的货款，当时他正办离婚，财产被法院冻结。也就是说，他把刚收回来的一笔现金，未焐热，就全数给我了。

我曾问陆少的好友客客，是否见过陆少生气？客客说，确实不多，印象深的只有一次。有次旅途上，在某处歇脚。陆少和一干好友在聊天，他的发妻拿了一碗汤来，对陆少说，喝汤吧。陆少端起碗就喝，忽听夫人埋怨，怎么回事，怎么不给我留点？陆少愕然，说，不是给我的吗？夫人说，但你也给我留点嘛！陆少很生气，用力把汤碗顿在桌面上，说：他妈的，不喝了。喝口汤，还要讲究战略战术的！陆少生气时，都能说出那么机智的话，少见。

三十多年来，我和陆少有过不愉快吗？好像仅有过一次接近不愉快。那时，我在悉尼的一家中文报社当编辑，我们决定用一个整版来选载陆少的小说。排版时，版面装不下最后的第38节，如果缩小标题空间省出几行来，派头就很小。我煞费苦心将第38节归并到第37节里，这样全文得以一字不漏刊出，只是全文以第37节来终结。陆少见后，脸上肌肉有点僵硬，他误以为我擅自删掉了一节文字，说："做生意的人，想讨个彩头，现在没了。"话说到这种分量，对于陆少来说，就算骂人了。他的所有进攻，都在退让中实现。

这两年有个情况引起我重视，陆少似比过去更谨小慎微。疫情一来，他真的开始在悉尼家里囤积大米。不下四五次，他将悉尼超市大米断供后的空货架，拍照发给我，叫我不能掉以轻心。被他弄烦了，我说，你准备囤多少大米？他说一百公斤还是要的吧？我说，你囤个三五百公斤吧，五年后，我去你家吃饭，你告诉我，现在吃的就是2020年囤的米，我们一起喷饭就是了。

此外，在前些日的微信中，陆少又显示了难得的直截了当，他对我说："我这个人的性格，没有什么特色，最多，我不喜欢不聪明的男人，也不喜欢不丰满的女人。"关于女人的部分，过去我从他那里听到过类似的说法多次。这个表面看来是个情色话题，但背后的发掘，可以是多元的。首先，陆少不特别考究审美，就像为了试试救生衣，他不关注这个画面，是不是有点唐突可笑。他的态度是，这没什么嘛，这好像没什么嘛。陆少行事，有时很直接。

多年前，我在上海的家中等待陆少，他从澳洲回来，要来我家坐坐。我家有一个窗口，正好可以看见他必经之路上的一组斑马线。我拿起一只苏制军用望远镜，果然清晰搜索到站在斑马线一端，等候绿灯的陆少。这是我第一次，专心地观察陆少的外形。镜头里，他的头发白了很多，乱蓬蓬的，任由上海的秋风撩动。

我觉得，除了染发，他可能从来都没有用过其他美化、定型和护理头发的用品。他虽是日进斗金的成衣商，但他的穿着，比起上海郊县中学的一个文史教师，强不了多少。他戴着近视眼镜，在眼镜框上还装一根尼龙链子，以便看不同距离的东西时脱戴。陆总的形象，似由75%七宝中学文史教师和25%川沙本帮裁缝组合而成。他不算矮，驼背有限，肩膀不宽，想跑去排入孔武有力者的行列，那是要被厉声叫回来的。但是，这时候必须要来一下但是了，他那对规格偏小的眼睛，随便扫一眼那些孔武有力的人们，他们多半会不自在起来。他们会从他的眼神里发现，这个人好像不只是文史老师，也好像不只是来自七宝那么简单，突然就神秘了。他让你找不到任何一种，可以和他对应的职业和头衔。你说，他是国务院一个部长，那肯定不是，他手上拎着一个很廉价的无纺布拎袋，里面显然不会有多贵重的东西，是酒一定不会是茅台，是烟也不会是黄鹤楼。那天的无纺布袋里，是一瓶他要送我的澳洲产的亚麻籽。

通过那架苏制军用望远镜，你已经知道陆少的外形特征了，是老派知识分子型的那种，一看就知道，被他读烂的书一定很多，同时书作为报复，也弱化了他的体格和视力。按理，苗条轻盈的女子，会进入他的审美门槛，但他却偏偏只接纳肉感丰硕的异性体型。如果你只以体型的尺寸来比对配型，会发觉陆少似有一种蛇吞象的勃勃野心。

起初，我也觉得不可思议，他如果不是我的朋友，我的思考到这里就一定打住了。但我还是延长了一下，我突然想到了意志，意志的大小是形而上的，是不能简单丈量的，随之我想到陆少的出生了，终于豁然开朗。因为早产，陆少过早脱离了母亲的羊水，不足月匆忙落地后，就被关进了提篮桥附近一家产院的氧气盒。在这种透明的鸽笼式的盒里，陆少被医学观察很久，才准予释放。这个乱动着粉红色小手小脚的男婴，日后居然只对丰乳肥臀情有独钟。

我以为，早产儿的生物记忆，让陆少有一种对自身生命力强度的天然怀疑，他只有和具备强大外部特征的生命媾和，方能获得自我强大的暗示，而对这一暗示的器重、需求和享受，贯穿了陆少一生。

我似乎破解了一个"性审美之谜"。我还发现，陆少其他的一些特征，都和他出生时的发育不完全有关，尽管影响未必全都是负面的。其实，我对他丰富而深邃的人格，依然很无知，他身上还有很多未解之谜，比如，如此高级的陆式幽默，究竟是怎么形成的？比如陆少只喝白开水，并大量吃牛肉，这个信号的指向是哪里?

陆少对生命强壮的关切,态度极其冷峻。至于其他,我赞同陆少好友客客的一句话,客客说:在陆先生的眼里,世上相当部分的内容,都是笑料。

约了希琳喝咖啡

0

那年我十三岁，她二十三岁左右，我们在相近的街区居住，见她一次，我心里就颤抖一次。

我曾多次遇见，她被追求者拦截于街角；追求者的心跳，应咚咚有声，并在用力镇定；她微笑着，看上去资格挺老；而切齿嫉恨的，是远远的我。

二十岁以前，以为她是上帝派来发育我们身体的，不是派她，就会派另一位。她的颈脖秀长，白皙的脸部，似有英伦轮廓的干净。我很敏感她紧绷的大腿线条，她的裤料，应有莱卡的成分，肌肉的活力，借面料的弹性含蓄传达。这在上世纪七十年代中期，只有小比例的女子，才敢于强调，令人想入非非。

还有那双眼睛，我从伊犁的赛里木湖获得灵感，这个冰冰的、静静的、蓝蓝的湖，就是她的眼睛。她的眉宇之魅，完整占有了我的少年时期。

后来我才知道，这是一种国际范式。在一定的单位面积里，会产生一位绝色的妙龄女子，她融合着涉及荷尔蒙的张力和妖娆。她自然会被同辈追逐；外围还有一圈少年，虽不入她的视野，苦望着她的撩人美貌，再绝望和忧伤，依然无法终止对她的妙想。本质上，这就是一颗颗敏感之心，任由催促他们身心成长的偶像，步步领入成人世界。

2010 年仲秋的午后，咖啡店在复兴中路上，我落座在可以吸烟的户外区域。阳光穿透法国梧桐的穹盖，斑驳落地，不太灼烈，我早到十分钟。望见她了，很远，一袭黑裙，六十岁左右。看着她摇曳而来，我能从容不迫，我意识到，我已老了。

今天，她用黑裙，把几十年的胴体变迁，一举笼罩。她的上臂依然紧致，还是很直的脖子上面，有一些细纹存在，反而天然。连肘尖的那一小块皮肤，都保养得滋润，就不用说脸部了。顾盼间的清丽，一如往昔；只是，眼神中已藏不住六十岁的深邃，姿态里可以发现周到。这位绰约的女士，和她馨雅的气息一起走向我时，不少人平移视线，也掂量起我，我的虚荣心略有泛起。

我起身迎迓，她用手掌的前部，轻拍了我的脸颊，然后气场十足地坐下了。我的天，一个半百男子，几乎被她拍回四十年前，我笑了。此时此刻，在历经华彩之后，彼此已非少年和偶像。

她真是个敏锐的女人，你笑什么？她说，多位男人提醒过我，不要轻易触碰别人身体，可我这个人呢，一旦被说破，就反而不管了。

1

她从不知道，我曾迷恋过她。

我成为她的朋友，有些戏剧性。我去悉尼的次年，1988 年，我妹妹医院同科室的一名蔡姓女医生，要来悉尼看望她的姐姐，我妹妹托她带了一瓶茅台给我。

那天中午，我被蔡医生约到唐人街的金唐酒家饮茶。走入金唐，我穿过一桌桌，又靠近了新的一桌，觉得前方有一双特别的眼睛。我没有料到，会在这里见到她。这位统治我少年王朝的女主角，直视着我，我一下子大脑缺氧，腰部以下肢体不知去向。

她雪白的指间，夹着一支褐色的 More 牌纸烟。她弹了一下烟灰，不失亲切地说：弟弟，来来，坐下。

第一次知道她叫希琳，她边上有位气度不凡的西人，她叫他约克医生，他有着美国影星罗杰·摩尔的俊朗。他们两个形象卓越的人在一起，八九百度以上近视者，在没戴眼镜的情况下，可能会上前探摸，以确定是不是电影《007》的海报。

在座有六七个上海来悉尼的男女，都是希琳的朋友。蔡医生把东西给我时，我听见约克医生用英语在希琳耳边轻问，什么酒，居然可以是国酒？希琳说，这款酒的地位，有点像澳洲的"奔富葛兰许"。

约克医生很困惑地看向我，想从我这里获得一些说明性的介绍。我说，中国人有种爱好，就是喜欢把复杂的意思汇聚在一个点上，经过时间发酵，后来这个点，就成了一个容纳性深奥的符号。如果把这个符号再稀释，已经还原不出原来的意思了，茅台就是其中一例。

见到希琳的那刻起，无论我对着谁说话，其实都是说给希琳听的。我尽可能把目光从她的身上收走，免得被敏锐者察觉什么，而我的紧张及刻意想被她关注，使我不自觉地在计较谈吐的质量，这就把所有的话，都说得艰涩了。上面的那段话，我是用国语说的，桌上公推了一位英语佼佼者，为约克医生做了翻译。每位医生都是小半个化学家，约克很轻松地领会了我的意思，说，OK，就是一个面聚成一个点，而那个点，后来回不到原来那个面了。我说，现在请我们品尝这个点吧。我打开了茅台。

同款的茅台，金唐酒家的要价，应该是一百澳币以上。大家还来不及反应，我已经在向一只分酒器中，咚咚注酒了。酒香满溢，我瞥见希琳向我投来嘉许的目光，其中的原因之一，应是我及时满足了约克的好奇。我心花怒放，十几岁时，把命送给她都可以，现在献出一瓶酒，自然是小开司。

约克一口干了第一杯茅台后，做了一个 OK 的手势。不知道我的嫉妒去哪了，我和约克连干了多杯。

饮茶结束，走出金唐。希琳问我，约克喜欢茅台？我说，第一口酒下去，约克用瞪大眼睛和 OK 的手势，来表示酒的精彩，那是礼貌。如果很喜欢，酒在口中的第一时间，他多半会本能地微微闭目一下，凝神去锁住味蕾间的美妙。希琳笑了，并说，你很 sweet，谢谢。希琳和我说话的时候，约克和她耳语了一下，先走了。

我和希琳在金唐门口分手，没有向对方要电话，我们刚才都已从蔡医生那里拿了。

我觉得，我会选一个合适的时机，和她一起回顾七十年代的事情。我想看到，当知道自己曾是我少年的偶像，她会有什么样的神情。那天，唐人街有蔡李佛的舞狮活动，人多，锣鼓喧天。

2

侍者端上咖啡的时候，希琳从包里，拿出一根细棍，材质应是玳瑁，酷似一支 More。她戒烟十几年了，但心瘾未灭。她喜欢指间有这支假烟的存在，不然，她可能站起来就去买烟，分分钟复吸。这支假烟的烟嘴，是可以替换的，愿意的话，可以在每一次使用前装上新的。这件日制的替代物，富有一种日本哲学，就是对虚拟和实际予以同等尊重。或者说，虚拟一旦被需要，它几乎就是一种现实。

无论真假 More，在希琳的指间，都很有风格。只是，在忘乎所以的刹那，她会用牙齿嗑住这支玳瑁细棍，突然就霸道了。这种样子，可以让她周边很多人，屏息静气。这是她极少让人见到的时刻。

提及自己曾经使用过的名字，以及其中的趣事，希琳非常愉快。从出国前到现在，她使用过的名字之多，出乎我的意料。

　　她原名蔡言迪，八十年代中后期，在上海的社交场合，她半真半假地介绍自己叫烟蒂，一出口就引来哄笑。无忌、优越地坐低，容易被人记住，也很有一点文化态度在里面。这个阶段，她从原来工作的药厂停薪留职，做起了医疗器械的中介。她早就远离了老邻居和发小，恶作剧的故人们，在背后叫她为"香烟屁股"。这个鲜活的名号不胫而走，主要依赖轻蔑的口吻，加上那块暧昧的身体，再加上传说中蔡言迪的风流。

　　也是，在五个曾经拦住她说话的男性里，一般会有三个号称和她约会过。在三个和她约会过的男性里，很可能会有两个向朋友暗示，她曾经是自己的女友，这话后面最要紧的一个暗示，被口头省略。频繁的被追求，蔡小姐要和风流二字撇清，确实也难。

　　市井生活里，你想从早年一起成长的群体里飞出去，是可以的，但你想飞得很高很远，这个群体，就会想一些办法，起码在想象里把你拽回来，让你脱离不了本色。烟蒂这个名字，本来用得好好的，因为和"香烟屁股"产生不良联动，就用不了了。

　　1996 年后，希琳差不多每年要回上海探亲，有一次在悉尼机场候机厅，突然有一个操上海话的女人拉住希琳说，啊呀，朋友，几十年不见了，你的名字就在嘴边，啊呀呀，就在嘴边，你叫？希琳认出了这个老邻居，也明白她指的是绰号。在就要喷笑之前，希琳硬是冷冷地说出了四个字：香烟屁股！两个有点年纪的亚洲女人乐不可支，候机的人群里，少有这么兴奋的。

希琳告诉我，1987 年从上海去了布里斯班，她叫过某娜、某妮，甚至还用过一阵科迪莉亚，这个名字不得了，位列英格兰贵族常用名的前五十。刚到澳洲的阶段，她主要和讲国语或粤语的华人厮混，科迪莉亚发音略长，很多人都记不住或者记错了，即便是那些已经在海外生活很长时间的华人。

希琳在布里斯班露面不久，就被一些有香港 14K 背景的华人纠缠，她就搬到了悉尼。她去了一家著名的面包厂打工，和一帮早年以难民身份，被联合国难民署分摊到澳洲的越南人、南斯拉夫人，在一个作业面上干活。

那几年，我也接触过不少越南人或华裔越南人。真正的越南人，大多给我留下不投降、不妥协的刚烈印象。一个人被欺负后，从地上爬起来，一扭头吐掉满口的鲜血，从缺牙的嘴里挤出一声越南国骂"罗满"，你们等着！飞一样跑了。不用多久，一群用布或报纸包着长刀的人，矮矮的瘦瘦的，就来了。十分抱团，十分拼命，十分威慑。如果是在一些公共场所，比如酒吧、舞厅、妓院，越南人被身形巨大的白人保安保镖打了，说不定哪天，这个地方就会被扔进两枚手雷，最后不了了之。所以，很多西人和越南人打过交道后，是有点发怵的。

这一天，希琳在一张大的工作台边，和几个发福成企鹅模样的南斯拉夫女工，边干活边谈一个高级话题：什么叫解风情。大家用稀里哗啦的英语，舌头长长短短地谈不出个谱来。

有一个西贡郊区出生的三十多岁的兄弟，大家叫他阮，他在女工们边上，一声不哼，面无表情。过了一会，阮突然啪啪鼓掌两响，并指指自己，示意大家看着。他愣愣地走到工友们贴在墙上的一幅裸体画报前，直接撕下了画报上女郎的私处，塞到自己的嘴里咀嚼起来，还使劲咽了下去。阮走回到工作台前，得意洋洋地说了一句越南话，翻成英语的意思是：懂吗？这就是风情！多种族的女工们鸦雀无声，又面面相觑，两三秒钟后，她们突然向天放声大笑，个个前仰后合，开心得不想活了似的。阮板下脸来，用右手食指，在自己太阳穴旁快速绕圈，意思是，包括希琳在内的这帮娘们，脑子都有问题。多位南斯拉夫女工，在台面下竖起了中指，一律是胖嘟嘟的中指，又来了一浪大笑。

希琳个子高高地杵在她们中间，脸上有一缕淡淡的笑意，她闻到了工友们隔夜备好的午餐，在加热时产生的气味。

这就是希琳刚来悉尼时的工作环境，她很从容，让各种族异性工友不敢亲近。他们始终在视线里寻找她，欣赏着她，也消遣着她。他们时刻期待着，从希琳身上掉下一件物品，他们中的幸运儿能帮她捡起来，交还给她，然后顺势说一句好像才发现的话，哇，你真的太美了！但希琳一直没有提供这样的机会。

3

1997 年，我从悉尼回到上海以后，偶尔会见到蔡医生并聊上两句，她倒不反感话题围绕她姐姐，只是她的兴趣，不在希琳和异性的瓜葛方面，她也不会告诉你希琳在出国前的种种韵事。她对姐姐的担当和坚韧，由衷钦佩。蔡医生说，大家都看到了她的姿色撩人，很少人知道，希琳是一个能吃苦、扛得住疼的女人。知道吗？她洗条活鱼，虎口被鱼鳍深扎半寸，鱼鳍含毒，疼得钻心。你会先包扎一下对吗？她偏不停手，她会傻傻地忍着，鱼血和她手上的血，流在同一盆水里，血水一盆盆倒掉，直到把这条鱼处理干净，她再去包扎。

1988 年的悉尼，阻止希琳偶尔用银勺喝咖啡的那位澳洲人，后来成为第一个和希琳上床的白人男子，他就是在金唐，第一次品尝茅台的约克医生。

首次做爱后，彼此余兴微漾。约克用一种民间的方式给希琳按摩。虚意的指法，让希琳再度魂不守舍。

百叶窗片八成闭合，光线幽然，室内的温度控制在 28.5 摄氏度，点着的火芯在桉油盅里摇颤，释出香意，希琳赤卧床榻。约克给自己的下体围了一条烘干的白色浴巾，跪在希琳之侧。他的五指悬空，在希琳身体的曲线之上，若即若离地缓缓移动，手指似有舞感，并灌注意念，横向的运行线拉得悠长。

他们在细细感受对方，心心对应，不散不乱。仅凭约克在性释放之后表现的耐心，过来人希琳，收到一种超越情欲的精神恩甜。这个时候不需要音乐，安静就是音乐。希琳终于入睡，约克妙曼的手，没有停止，桉油盅里的小火苗也颤动依然。

她从布里斯班到悉尼后，改名为希琳，这个名字是约克帮她起的。除了很难预见和约克的关系何去何从，希琳的生活状态稳定了下来。

　　在我眼里，希琳和约克怎么认识的，不太重要。我关注的，是约克不自觉地用很多令希琳猝不及防的方式，一点点在替换希琳身上旧有的东西。他们认识的那一年，希琳三十八岁，尽管她已经从一些爱慕她的本国精英身上，萃取了不少养料，但这位约克医生依然给她带来了一种校园新生般的欢喜。这就是为什么，当约克告诉希琳他有家室时，希琳的泪水满溢眼眶，她只是扭过头去，就在这一天，她没有阻止约克第一次进入了她的身体。

　　希琳和约克第十次做爱时，他还是兴奋如初地赞美她的身体，他所有的细微姿态里，都饱含着爱恋。三十多岁的美妇，很受用这样的美言。这一次，当希琳送约克出门时，发现房门是虚掩的，门外的把手上，系着一条浅灰的短丝巾，如一个森林里标识方向的记号。他俩都认识这条灰色丝巾，这是希琳亲手送给约克太太的中国礼物。

　　此刻，他俩的想象里，都出现了一模一样的画面，画面里是三个人物，其中有一个人物从外面向内推门，惊讶地撞见了里面的一幕，又倒退而出，轻轻合上门，并解下脖子上温热的短丝巾，系在冰凉的金属把手上，以不打扰的方式离去。

　　有生以来，希琳第一次在心里制造了一个比喻，她觉得约克太太的高贵控制，仿佛暗示自己去挤一管牙膏，但挤出的不是洁白膏体，而是一团秽物，这个秽物就是她希琳。

约克太太的无声而别，腾出了让希琳反省的空间。她打了多个电话给约克太太，都不接。可能是第十次，电话通了，是约克太太本人，话筒里是极为平静的声音：希琳，请不必再多说一个字。谢谢，抱歉。对方挂了，希琳的眼泪倏然而下。受伤害的约克太太的反应之轻，如一根自由落体的羽毛，这反而放大了压迫的分量，让希琳窒息。深切的追悔，类似巨大的失衡。鱼鳍扎在手上可忍，这次有点像鱼鳍扎在心上了。希琳在电话这头，瘫软在地毯上。她一点一点收拢起身体，她下面的一个电话，就是和约克分手。她同样选择了平静和坚决。

侍者来问，是否需要续杯咖啡，我俩都说不要了。希琳发现，我像在用一种学术态度，对待她的情史，她也不反对。她的大度没有把我的关切，仅仅等同于隐私窥探。我如此耐心地陪护她揭示心灵层面的困惑，这和我曾经对她有过的爱和敬有关，再加上她和约克交往所产生的影响，至今犹在。

约克太太用自己的方式表示了人格尊严，希琳的良知，恰巧又是能够领会并器重这种精神含义的，她被激发出了巨大的羞耻感。那么，这一刻的悟性，为什么不能在约克医生最初出现时起作用，并管束住自己呢？现在看，约克在金唐初尝茅台的时候，这段情缘刚刚开始，约克一开始就没有瞒着希琳什么。

我发现存在若干个谜，比如，那天约克太太为何不约而来？来了，又不敲门而入。希琳告诉我，她俩过去见过几次，约克太太也去过希琳的住处，那条丝巾也是希琳直接送她的。但确实太奇怪，那天约克太太会如此反常地不请而入。

我说，会不会，约克太太在门前听到了里面有某种很刺激的声音，她其实并没有进入？希琳笑着，指了指我，意思我话里寓意鬼祟。我说，很可能有某几个环节，甚至只有一个重要环节，不为你我所知。所以，仅仅把我们已经察觉的现象连接起来，发现一切是不合逻辑的、破碎的。

希琳说，好吧，还是打住吧，生活里，很多看起来能把事说通的逻辑，其实都不是实际发生过的。留点白好了，不弄清楚也蛮好。

希琳侧脸看着复兴中路，有点沉浸。她突然意识到她的牙齿，正嗑着那根假 More，就拿了下来，她让侍者送两瓶苏打水来。侍者撤走杯、碟和勺之前，希琳拿起那支银色小勺，在咖啡杯沿轻轻击打出了两记清亮的叮当声，说，这只小小的勺子，搅出多少事情来啊，也把很多日子给搅没了。侍者礼貌地静候一旁，希琳对他做了一个请的手势，侍者麻利地把桌面处理好了。

希琳又接着说，约克的出现，第一次让我意识到，我身上需要矫正的东西，原来有这么多，我有点震惊。他带着一大堆他习以为常的处事习惯，闯进我的日子。很多观念，我居然一碰就能心领神会。无论是他，或者他的习惯，都让我如沐春风，每次琢磨，都有收获。

知道他有太太时，哎呀，完了。起初是有顾虑的，可以半日发呆。怪了，一个人发现自己正在重新被翻造，而且还让她很开心，真会有点忘乎所以。约克让我想起上海男人，只要可能，上海男人做的选择，就是用出吃奶的力气去全部摆摆平，决不是割弃一部分，以保全最珍视的那部分。

约克兼顾到了很多方面，就让我的选择，变得不干不脆、黏黏糊糊起来。约克的周到、细腻、宽容和从不激烈，是少见的。在他面前选择逃走，又有点不像我了。约克，真的在他应该出现的时候出现了，只是，我没有在应该拒绝的时候拒绝。他是我用身心领教的第一个西方男人，冲击之大，要承认的。我知道，约克和他太太，后来还是分开了。我领受了两个词，一个叫自责，另一个叫赎罪。从此以后，不管看见什么款式的丝巾，我的胃里就会瞬间分泌大量胃酸，要呕吐。

有悬铃从树上跌落，在不远的硬地上，裂开一朵两朵黄绒绒的花。希琳似乎还不想中断对旧事的反刍，无言，久久远看。此时，她眼里满满的，应是彼时。

4

在悉尼单身的那段日子里，希琳结交了不少华洋朋友，追求者也不算少，有的年龄比我还小。她自己也属意过一个两个，都无结果。有闺蜜甚至劝她学打高尔夫球，她觉得意图有点欲盖弥彰，好笑，不采纳。

有朋友给她介绍了一位从俄罗斯圣彼得堡移民来的著名魔术师。这位谢顶的大师，有点神奇，只要希琳告诉他，她身上的某个地方有一枚硬币，不出一分钟，这枚硬币，就会出现在他的手上，哪怕它原来藏在希琳的脚下或任何隐蔽的地方。

希琳央求他讲出名堂来，大师用带有浓重俄罗斯口音的英语说道，就像人们发现丢了东西后，第一时间，总是朝刚才自己去过的人多的地方跑，怕被别人捡宝。而人们藏东西时呢，藏匿者的眼神，总是千方百计地远离藏匿之处，你引导藏匿者看自己的身体，他们几次三番跳过或回避的方向，很有可能就是藏匿之处。

希琳钦佩魔术师的睿智，又觉得自己被他轻轻松松就看穿，要报复一下，说，哪天，你能把自己变没了，我就嫁给你。魔术师和善地一笑，说，I accept your proposal（我接受你的提议）。他并不生气，知道希琳是在开玩笑，他当然明白，这样的语言在西方人看来，有些欠讲究。也正因为用宽容来对待意识冲突，后来，这位魔术大师一直是希琳家的座上宾。

5

几年后，希琳突然成为威廉的新娘。

威廉是出租车行业主，拥有六十辆出租车的行驶牌照，公司规模在澳洲属于中型偏大。威廉的前辈，1805 年，在英国曼彻斯特某个小镇，偷了一大袋土豆，后来被流放澳洲布里斯班，威廉是他的第五代后人，出生于 1946 年，他比希琳大了四岁。

希琳说，她被吸引，是因为，一生中，很少碰到智慧和善良同时达到极高境界的男人。过了四十岁以后，她发现智慧之美是迷人的，而且是刻骨铭心地迷人。

这是希琳的讲述——对的，我是在一个复活节晚会上见到威廉的。那天，他炫极了。威廉原来是学声乐的，四十多年前，他能考上悉尼音乐学院，不容易。这个音乐学院，是全澳洲最悠久的音乐学府，也是世界顶尖音乐学院之一。他是学院当年成绩全 A 的拔尖毕业生。毕业后，过了几轮考试，他极有可能和悉尼歌剧院签约。他雄心万丈，要做一名职业男高音歌唱家。也就是这个时候，他的声带上发现息肉。化验表明，恶性病变的概率极高。为了安全，别无选择，只有将病灶及外沿部分彻底切除。手术前夜，他在悉尼北部的曼丽海滩坐了整整一夜。太阳升起，是他的暗淡时刻。术后，他的声带，失去了那种，那种可以穿透梦境的高音，金属质的高音。歌唱事业还没开始，就结束了，他接手了家族的出租车行生意。在那个复活节晚会上，经办人知道威廉早年毕业于声乐专业，就和他商量，可否给大家唱一支歌，他拒绝了。

晚会进行中，有人再次请求他，他对经办人说，这样吧，你看到那位亚洲女子了吗？你请她用一只手握住另一只手，如果她用左手握住右手，我就答应你。

威廉说的那个亚洲女人就是我，经办人来到我面前，跟我说了，并眨了一下左眼，我居然猜对了经办人的暗示。经办人示意威廉，过来验明我握合在一起的双手。威廉摇摇脑袋，意思不必了，他径直去了聚光灯下的话筒前。

他穿着白布衬衫，衣袖挽起，卷曲的花白头发理得很短，肤色因海泳而黝黑，身高一米八十。他站在已经按他身高调整好的话筒前，低头沉静，他突然意识到，手里还有一个大大的啤酒杯，就递交给了旁人，大家笑了一下，气氛一点点庄重起来。

通过麦克风，威廉对在场的人说，我不会忘记，好多年前，声带息肉手术前，麻醉师来给我做麻醉，我想最后唱一首歌，一首意大利民谣，叫《在这个海洋闪耀的地方》，但当时的医院里的气氛实在不太合适，我还是没有向医生提出这个请求。声带息肉的切除手术，留下了我的生命，却剥夺了我的歌唱。几十年来，我无数遍在心里默唱过这首歌。今晚，请允许我用意大利语的口型，给大家比画着唱五行歌词吧。我很抱歉，那是几乎没有声音的歌唱。如果，你的想象里，听见了一个二十岁的男子在歌唱，他的高音像金子一样闪闪发光，那就对了，那是我，我将非常感激。

人们静了，灯光暗去，只留一束光，投射在威廉身上。威廉热泪盈眶，无法开始表演。再三平复情绪后，他的身体开始律动，像和歌声一起呼吸，他语义丰富的双手在诉说，他按着歌词发音的口型，传递着无声之音。所有人都是事后查阅，才知道下面五行歌词的内容：

在这个海洋闪耀的地方

风呼呼地吹着

古老的阳台

靠着索伦多海滩

一个男人把一个女子拥入怀中

人们无法解读威廉的唇语。他表演中缠绕着的怀旧、无奈以及诀别梦想的悲伤，也很难被更有层次地分辨。聚光灯下，看上去就像扩音系统瘫痪了，但歌唱家并没有中止歌唱。人们似乎感受到揪心的幻灭感，时间没有让他忘却不能歌唱之痛。大多数人可以确定，他们正面对着直逼心灵的真挚。

当五十多岁的威廉，把右手放在左胸，向大家致意时，人们发现他的五指，紧紧抠进心房。现场可以听到女人的抽泣，孩子们举着鲜花奔向他，掌声久久持续。我从这位初见的男人那里，看见了神圣。

6

在这条马路旁，希琳有种原乡归属感，她的叙述温暖而不知疲惫。她告诉我，开始的时候，彼此都没有想过要走到一起，威廉从来没有让她警惕和紧张过。他俩最初的约会，就像两个单身，一起配合来消磨时光。

见我听了这话在笑，她说我笑得很阴险，要我把笑的理由告诉她。我说,如果时光倒流,我要去彻底漂洗一番,让自己浑身上下没有任何侵略性。因为,最终赢得超级美人的,往往就是这类男人,他们躬身走近,看上去不为追逐而来,让你从无戒心。而很多人,还没到跟前,美人已听到皮靴砸地的嚣张了,很容易拉开漫长的尊严对决和得失计较。希琳听后,右手把那根玳瑁 More 往桌面一抛,向我做了一个 OK 的动作。她抛得重了点,玳瑁 More 滚落地下,她乐了。

和这位丽人促膝长谈,在我从悉尼回上海之前,有过多次。为了不给眼下的生活惹麻烦,我没有提及旧事,尽管几次跃跃欲试。此外,像希琳这样从小就受人垂慕的女性,都不太关注他人。你要是和她计较这些,是做不成朋友的。她六十岁后,忽然听到当年谁谁暗恋过她,她仍会高兴,不过是早就被证实过的东西,又被证实了一下而已。

希琳和威廉在一起了。

有一次希琳生日,威廉给了她一瓶英国香水。这款小众的昂贵香水,100 毫升的价格数千澳币。琥珀色小瓶,在希琳纤长的指间启封,"次"的一声,香气充盈她的鼻端,初涌性感的烟熏味,又进到前调的橄榄气息,再炸裂一种神秘乳香,最后叠幻出以零陵香豆和沉香木为基底的悠长馥郁。希琳出现了两秒钟的意识空白,恍如瞬间灯灭。她觉得自己纠缠不清的性格,被这款香水,以嗅觉的形式,<u>丝丝缕缕</u>描摹出来了。她不理解威廉,在百款千款之间,为什么能独独选中这款。她觉得,这种复合的气味构成，像一种最精准的语言概括了她的特性。此刻的香意浮动，就像是自己一丝不挂地徜徉于人世。

嗅觉联想，又奇幻地为她切换出了八岁时的一个画面。

她在女同学家闻到一款珍品兰花的香气，响亮地哭了，她就这么坚信，这是她妈妈的气息，妈妈怎么会在这里啊？

在她和妹妹还很年幼的时候，她妈妈因肺功能衰竭骤逝，记忆里有些不连贯的妈妈的影子。妈妈好像说过爸爸在国外，更多的还没有说，妈妈就走了，是姨妈接管了她们姐妹。这位姨妈，是上海舞蹈学校的教师。舞校在市西虹桥，很远，她很辛苦。有时候，会听到某些人叫姨妈玛莎，她终身未嫁。姨妈和她的共同之处，就是大家都有如雪的肌肤。

八岁希琳的魂，被这盆兰花勾住了，她央求同学的父亲，把这盆兰花送给她，因为她妈妈就在这盆花里面。同学父亲说，小朋友，明天上午，如果你还是这样想，就来取吧。

第二天一早，希琳出现在那盆兰花前，同学父亲已经用很大的塑料袋为这盆花做好了防护，并把紫砂花盆放入了一个篮子。女同学在伤心地抽泣，舍不得那盆花让希琳拿去，她爸爸把女儿带到一边，蹲着和她说了一番话，女同学就擦着眼泪，和希琳一人一边，提着篮子走进了希琳的家。希琳叫唤姨妈，期待夸奖。

姨妈问明原委，转过脸去，把自己眼里的泪水处理完，说，孩子，现在你妈妈随着花香回家了，你听到你妈妈在说话吗？你妈妈说，谢谢你把她带回家。还有件事，要等你做完以后，妈妈也想谢谢你。希琳问，什么呢？姨妈说，妈妈告诉你，她知道女儿会把这盆兰花还回去的，只有把兰花还给人家了，妈妈就会一直在你身边，不再离开。

几十年后，已经有些佝偻的姨妈忆及此事，说道，其实，当时她知道这盆兰花价格不菲，应该以百元或千元计，但她只字不提钱，她不愿八岁的希琳误解成，因为价格昂贵而必须物归原主。姨妈希望希琳从小懂得，不是自己的东西，不能占有，无论贵贱。

讲起童年，希琳时而笑出了声，又泪眼婆娑，泪水是穿过笑容滴落的。希琳告诉我，提及这瓶香水，原本不是为了童年回忆。希琳启封了这瓶英国香水，却一直把它搁在视线之外。她有一个不便启齿的猜疑，没有向威廉说出。

7

威廉送出香水，整整一年后，又到希琳的生日之夜。两个人都裹着睡衣，开了一瓶红酒，威廉坐在布面长沙发上，希琳坐在地毯上。窗都敞开着，风吹进来，带着太平洋的味道。即便在夜晚，风里依然留有经阳光暴晒过的青草味。

威廉从希琳的梳妆台上，拿来了那瓶英国香水，说，我上次的礼物是这瓶香水，今夜的礼物，除了桌上那束玫瑰，还有与这瓶香水相关的一个 story。这个故事，越过我的前妻，与她无关。我在读悉尼音乐学院的时候，曾经追求过大提琴专业的一位叫绫子的日本女同学，绫子说，你去挑选一款香水来吧，倘若我觉得你选的正是我要的，我就接受你，起码我们可以尝试开始。我给绫子的，就是现在我手里的这款，为什么我选这款呢？

希琳打断了他，请威廉先告诉她，那位日本女孩闻到香水后的反应。威廉说，她非常小心翼翼解开了包装，把拆卸下的缎带、彩纸、纸盒，整齐码在桌面。她喷洒了一点香水在手背，非常庄重地晃动自己的鼻子，嗅了一下，只嗅了一下，就明白无误地说，威廉，对不起，恐怕我不会属于你了。

希琳问，绫子此刻在哪里？威廉说，在东京，日本国家级的大提琴演奏家。希琳问，当时，你那么容易就放弃了？不能再坚持一下吗？威廉说，我放弃了对藤田绫子的追求，但我没有放弃坚持只选择这款香水，来献给我心爱的女人。这次就做对了。

希琳又问，大提琴家之后，你不是有过一次婚姻吗？你没有请你的前妻试过？威廉故意夸张地张大了嘴，又对着希琳，做了个手枪点射的动作，然后笑着说，上帝啊，在那段时间，这家英国小香水店的东家患病，歇业一年，所以，我的前妻从来没有机会欣赏这个品牌的香水。这不，后来她就成前妻了。

希琳惊讶地从地毯上站了起来，杯中的葡萄酒晃动了一下，她不知道威廉是有意还是无意地，在化解她藏了一年的猜忌。为了掩饰惊讶，她把站起来的原因，连贯地表演成是为了和威廉碰杯。

威廉喝了口酒后说，希琳，我为什么钟爱这款香水？它来自英国曼彻斯特我老家的小镇，是一家百年老店的出品，店面极小，永远只选用当地的天然香料，一百多年来，只做这一款香水，永远静候着那些一代代传继着喜欢它的顾客。这款香水，让我着迷的地方很多。坦白说，我注意到，去年你打开后，就再也没有碰过它。我有一点点伤心，我想，我是知道为什么的。他们互相深深看了对方一眼，一笑。希琳有些羞愧，走过去依偎在威廉怀里。威廉喷了一些香水在自己手背上，然后用食指蘸了一些，在希琳的手背上画了一个心形，说，生日快乐，希琳。

　　白天，威廉忙于出租车行的工作，他的公司管理，希琳插不上手，她慢慢对悉尼 Casino 的 21 点，产生了兴趣。所有会上瘾的事情，未必都发生在低智商的人群中，常常还可能是相反。有一点，希琳也难以免俗，她以为常人在 Casino 屋檐下的完败，自己可能会是例外。希琳坐上 21 点的赌台，她的雍容和赌台很搭，赌场的调子是古典的，且处处皆有仪式感。赌博入门时，多半会发生的两件事，希琳在第一时间就碰到了。一是，某次确实赢了钱。二是，某次几乎快输光本钱，但又起死回生扳回来了。因为亲历过这两种遭遇，赌客以后在陷于危机时，就期待重现这两种好事，更何况还有一种流行广泛的赌场谚语：不怕输，就怕断。在 Casino 赌博，看上去一切像宿命的安排，其实更具决定性的，是概率和心理。凡赌徒一般都暗自以为，自己的智力和命数优于常人，有人倾家荡产了，还怪罪于自己筹码的供应线过于短促。

数个月中的输输赢赢，希琳的总账是亏的。一段时间后，在赌桌上，当希琳抽出一沓沓簇新的现金，推向荷官兑换筹码时，她的内心已经不是那么松弛了。威廉从来没有和希琳一起去过 Casino，也从来没有开口劝阻过。希琳输钱的总数，已经以十万澳币计，希琳自己账上的现金，接近归零。希琳在纠结，一是要不要动用信用卡，二是要不要向威廉开口。像是心有灵犀，上班前，威廉在桌上放了两万元现金，并留了一张字条：Enjoy! I hope this will be the last time, please promise me that it is. (尽兴吧，这是最后一次好吗？答应我。)

希琳为威廉的这种行为而感动，钱她收下，但犹豫着，始终没有去 Casino。她的赌瘾和不想让威廉失望的愿望，形成制衡，威廉也没有问起。直到两个月后，早餐的时候，希琳谈起 Black Jack 的话题，希琳问威廉，庄家是十点，你两张牌加起来是十六点，下面这张牌，你还要吗？威廉说，这种牌点，这张要或不要，不就一眼可以看出是新手和老手来了吗？你已经打了整整十个月的 Black Jack，应该不会还在这个阶段吧？希琳笑笑说，我现在是去呢，迈不出腿，不去呢，心里还是痒痒。威廉轻轻拍了拍希琳肩膀，说，你曾经说过不去了，你只要觉得不会再去，你就最后去一次吧。轻松些好了。

这天下午希琳去了，赢了十万元。赌桌旁，很多人站在希琳的身后，观看着她赢钱，无不羡慕。希琳几乎不加思考地快速做着各种盘面的反应，却非常精准或者说走运。几个女牌友比她还兴奋，说，别停手，宝贝，今天你可以赢五十万元，信吗？

希琳从赌桌旁站起来，收起两三摞一万元一枚的筹码，托在手里，低头看着，内心自语，五十万元，买不到威廉的信任。噌的一声，她把一大把筹码扔入包中，和朋友轻轻说了一声Bye，转身而去。她明白，这是她在和 Casino 作别。

交给威廉五万元时，她的表情是调皮的。这是她有生以来，第一次交钱给男人。威廉哈哈大笑后，收下了。第二天，希琳在自己梳妆台的抽屉里，见到了自己交给威廉的那五万元现金，两个人都不再提起。希琳那张 Casino 的贵宾卡，被她用作书签，后来也就找不到了。希琳再也没有踏进赌场半步，国内有亲朋来悉尼，她开车送他们到赌场门口，自己就折返了。

澳大利亚人，在和配偶恩爱的互动中，有着普遍的质朴。后来大约三年的日子，希琳和威廉过得很顺畅，彼此非常爱惜，他们的默契可遇不可求。不幸还是发生了，威廉的脑部，发现了恶性的胶质瘤。积极的治疗方案，就是开颅切除肿瘤。因为脑部神经丰富而发达，肿瘤在其间生长，成无孔不入的渗透状态，既不规则，又和神经纠缠。这就使得脑部恶性胶质瘤，临床切除干净的难度极大，治愈率很低。

在威廉脑部手术后一个月，PET-CT 仪器，又在威廉的舌根部分发现癌细胞，专家作了各种努力，都没有收到效果。渐渐地，威廉的说话开始有障碍了。希琳请威廉考虑去中国，让中医寻找解决方案。

威廉淡定地对希琳说，这次患病，比几十年前那次声带息肉要严重，是否前往中国，他需要一周时间来做决定。希琳说，是不是应该缩短些选择时间。威廉说，已经非常短了。此外，威廉希望这七天，多给他一些独处的时间。希琳热泪滚滚，威廉亲吻了她的前额，并用手轻轻抹去了她的泪水，说，对了，别让我看到泪水吧，尽量。

在那次开颅手术之前，威廉办妥了股东权益让渡希琳的手续，授权希琳全权管理出租车公司，并提拔了一名经理，专设了一个副总经理职位，协助希琳。

那天黄昏，希琳在公司处理完很多文件后，驾车回家。她把遮阳板翻下，突然想起昨晚床上，威廉整夜从背后侧拥着她，既动情，又有些克制。威廉问她，我们第一次见面的那个复活节晚会上，经办人来传达我的话时，你究竟用哪只手握着哪只手？希琳说，我向你坦白吧，那位晚会经办人，的确暗示我用左手去握右手。威廉问，他怎么暗示的，用眼睛吗？那你平时究竟是怎么握的呢？希琳呵呵笑了，是的，眼睛。等你几天后做完决定，再告诉你我习惯上的双手握法。威廉把脸紧紧贴在她的颈窝上，一直在嗅着她。

希琳握着方向盘，刚觉得有些甜蜜，心中陡然有不安袭来。她想起来，今天上午自己出门去公司，威廉还躺在床上，她去和他道别，他抓着她的手，有点不舍，一直没有松开。此刻，希琳的心乱了，她提醒自己小心驾驶，刚准备给威廉拨个电话，她的手机响了，陌生的号码，接通，对方告诉她，是悉尼北部的曼丽海滩警署，她的丈夫在这里，请她从速赶到，一切到后再说。

希琳到达指定地点，看见警方已在沙滩的一小块区域，拉了警戒线。警察把她引导到了威廉身边，威廉平躺在沙滩上，被一块白布覆盖。一位警官对希琳说，太太，很遗憾，这位先生已经没有生命体征。看来，是这位先生自己的选择。

希琳跟跟跄跄奔跑过去，双膝跌落在沙子上。她看着威廉失血的脸庞，和他埋在沙中的前臂，有些失控地呼喊着他的名字。很显然，为了不让血液在沙滩表面流淌，也为了防止细沙堵住创口，威廉割脉后，将前臂套了一个塑料袋，插入沙中。在这个公众日光浴的地方，他的举动，没有在太阳下山前，惊动享受生活的人们。

希琳明白，眼前的这一切，都是威廉细细筹划过的，她痛彻心扉。一身职业装的她，跪在早上还对她流露过依恋的威廉身旁，掩面而泣。她的周围，站着多位面无表情的警察，没有任何催促。过了一会儿，一位女警官蹲在希琳边上说，太太，要不要我来帮你，一起把这位先生的手臂复位？希琳摇了一下头，用双手轻轻扒开沙子。女警官又轻声地对希琳说，太太，你可以慢慢来。

表层下面的沙子是带有血液的，希琳继续轻轻地把沙子扒开着，她的手上已经满是鲜血了。来了两个法医和希琳一起，把威廉的手臂捧回到他的身侧，白布再次覆盖了威廉。女警官搀扶希琳，她站起来很困难。

一位警官向希琳展示了一个透明的文件袋，里面有张纸，上面是威廉留下的笔迹："My family will provide compensation for cleaning of the sand where I lie."（清理这块沙滩的费用，将由我的家属全额承担。）威廉签名的下方，写有希琳的全名及移动电话号码。警官说，这是在威廉先生身上发现的，请允许先由警方保管。在抬走威廉前，希琳请求让她再看一次，已经抬起的担架，再次轻轻放落到细软的沙子上。希琳单膝着地，双手久久捧着威廉冰凉的脸颊，不放。

在已经没有威廉的家中，希琳发现了威廉的遗嘱。威廉决定分一小部分遗产给他的前妻。他盼望由希琳出面主持这件事，而不是全部委托律师。威廉认为，这样做，对所有人都更温暖一些。

在第一时间，希琳完整执行了威廉的遗嘱，并亲赴英国，以威廉的名义，将一笔款项，赠予曼彻斯特那家小小的香水店。店家以敬重之心，只接受了其中的1%。

8

刚才希琳还告诉我，六十岁以后，她的内心，需要一些暗

266

示，她随身带着一个织锦缎小袋，里面有一缕威廉的头发，灰白色的。

宽松一下后，我想告诉希琳，当年有个雨天，就在这条路上，我见过她的。她二十多岁的样子，短发，撑着黑色的伞。

近五十年不妨被看作一瞬，但时间毕竟悄然氧化了一切。

我再坐下，感觉到咖啡店的铁艺椅子凉手，天渐暗，气温低落。希琳的座位空着，桌面上，苏打水瓶子压住一张付过款的凭条。手机上出现希琳的短信：抱歉，想一个人走走。

图书在版编目（CIP）数据

第一个离别者 / 邬峭峰著 . —上海：文汇出版社，
2024.2
ISBN 978-7-5496-4086-7

I. ①第… II. ①邬… III. ①散文集-中国-当代
IV. ① I267

中国国家版本馆 CIP 数据核字（2023）第 255242 号

第一个离别者

著　　者 邬峭峰
策　　划 朱耀华
责任编辑 徐曙蕾
装帧设计 张志全

出版发行　🅼 文匯出版社
　　　　　上海市威海路755号
　　　　　（邮政编码200041）

照排 南京理工出版信息技术有限公司
印刷装订 上海颛辉印刷厂有限公司
版次 2024年2月第1版
印次 2024年2月第1次印刷
开本 890×1240　1/32
字数 167千
印张 8.75（插页2）
印数 1-3000

ISBN 978-7-5496-4086-7
定价 52.00元